프랑켄슈타인 I
Frankenstein

006 · 1/3

fly over an apartment with silver wings

프랑켄슈타인 I

Frankenstein

메리 셸리 지음
제미나이 · S 편역

복두(더)

서문 및 해설

　메리 셸리의 "프랑켄슈타인"은 1818년에 처음 출간된 이후, 과학과 윤리, 인간의 본성과 창조의 책임에 대한 깊은 질문을 던지는 고전으로 자리 잡았다. 이 소설은 단순한 공포 이야기를 넘어, 인간의 탐구심과 그로 인한 파괴적 결과를 탐구한다. 빅터 프랑켄슈타인은 생명을 창조하려는 열망으로 괴물을 만들어내지만, 그 결과는 그의 삶을 파괴하는 비극으로 이어진다. 이 작품은 인간의 욕망과 그에 따른 도덕적 책임을 탐구하며, 과학의 발전이 가져올 수 있는 위험성을 경고한다.

　"프랑켄슈타인"은 여러 가지 주제를 다루고 있다. 첫째, 창조와 책임의 문제이다. 빅터는 자신의 과학적 호기심을 충족시키기 위해 생명을 창조하지만, 그 결과에 대한 책임을 회피한다. 괴물은 그의 창조물로서, 그에게 버림받고 고통받는 존재가 된다. 이는 인간이 자신의 행동에 대한 책임을 져야 한다는 메시지를 전달한다.

둘째, 고독과 소외의 주제가 있다. 괴물은 외모와 본성 때문에 사회에서 배척당하고, 결국 복수심에 사로잡히게 된다. 이는 인간의 본질적인 욕구인 사랑과 소속감을 갈망하는 모습을 보여준다. 빅터 또한 자신의 선택으로 인해 고독에 시달리며, 결국 사랑하는 이들을 잃게 된다.

셋째, 과학과 윤리의 경계에 대한 질문을 던진다. 19세기 초, 과학의 발전이 급속도로 이루어지던 시기에, 셸리는 과학이 인간의 도덕적 기준을 넘어설 때 발생할 수 있는 위험을 경고한다. 빅터의 탐구는 인류의 진보를 위한 것이었지만, 그 결과는 재앙으로 이어진다.

차례

- ▶ 편지 1 | 9
- ▶ 편지 2 | 19
- ▶ 편지 3 | 30
- ▶ 편지 4 | 33

1장 | 56
2장 | 71
3장 | 89
4장 | 112
5장 | 132
6장 | 152
7장 | 176

▶ 편지 1

수신: 사빌 부인, 영국 상트페테르부르크,
17__년 12월 11일

 누님께서 불길한 예감을 느끼며 바라보셨던 그 원대한 사업의 시작에 아무런 재난도 없었다는 소식을 들으면 기뻐하시겠죠? 저는 어제 이곳에 도착했어요. 저의 첫 번째 임무는 사랑하는 누님에게 제가 무사하다는 것과 사업 성공에 대한 확신이 점점 커지고 있다는 걸 알려 드리는 겁니다.
 저는 이미 런던에서 북쪽으로 꽤 멀리 왔어요. 지금 페테르부르크 거리를 걷는데, 차가운 북풍이 뺨을 스치고 지나가네요. 이 바람, 제 신경을 곤두세우고 기쁨으로 가득 채워 줍니다. 누님도 이

느낌을 이해하시겠어요? 제가 나아가야 할 그 방향, 얼음의 기후를 미리 맛보게 해주는 약속의 바람이죠. 이 바람 덕분에 제 백일몽은 더욱 열렬하고 생생해집니다.

  사람들은 북극이 서리와 황량함뿐이라고 설득하려 들지만, 전 헛되이 저항합니다. 북극은 언제나 제 상상 속에서 아름다움과 기쁨의 지역으로 다가왔으니까요. 마거릿, 그곳은 태양이 지지 않고 영원히 떠 있는 곳이에요. 그 넓은 태양이 수평선에 살짝 걸쳐서 영구적인 광채를 퍼뜨리죠. 그리고 (누님께 양해를 구하고 저는 선행 항해사들의 말을 어느 정도 믿을 겁니다만) 그곳은 눈과 서리가 없는 곳이라고 합니다. 잔잔한 바다를 항해하면, 현재까지 발견된 거주 가능한 지구상의 모든 지역을 능가하는 경이와 아름다움의 땅으로 들어갈 수 있을 거예요. 그 미발견된 고독 속에서 천체의 현상은 의심할 여지 없이 그러하듯, 그 땅의 생산물과 특징은 유례가 없을지 모릅니다.

영원한 빛의 나라에서 우리가 무엇을 기대하지 않을 수 있겠어요? 저는 그곳에서 자석을 끌어당기는 경이로운 힘을 발견할 수 있을 거고요, 오직 이번 항해만이 그 외견상의 기이함을 영원히 일관되게 만들 수많은 천체 관측을 규제할 수 있을 겁니다. 저는 이전에는 결코 방문되지 않은 세계의 일부를 보는 것으로 저의 열렬한 호기심을 채울 거고요, 인간의 발자국이 찍히지 않은 땅을 밟을 수 있을 겁니다.

이것들이 바로 저를 유혹하는 것들이에요. 위험이나 죽음에 대한 모든 두려움을 물리치고,

아이가 자신의 고향 강을 거슬러 탐험 원정을 떠날 때 느끼는 기쁨으로 이 고된 항해를 시작하도록 저를 이끄는거죠.

하지만 이 모든 추측이 거짓이라고 해도, 누님은 제가 북극 근처로 가는 항로를 발견하거나 자석의 비밀을 확인함으로써 (만약 그것이 가능하다면, 오직 저와 같은 사업을 통해서만 달성될 수 있습니다), 마지막 세대에 이르기까지 모든 인류에게 선사할 헤아릴 수 없는 이익을 무시할 수는 없을 거예요.

이런 생각들이 편지를 시작할 때의 동요를 사라지게 했고, 저는 하늘로 저를 들어 올리는 열정으로 가슴이 타오르는 걸 느껴요. 흔들리지 않는 목표—영혼이 자신의 지성적인 눈을 고정할 수 있는 지점—만큼 마음을 평온하게 하는 것은 없으니까요.

이 원정은 저의 어린 시절의 가장 좋아하는 꿈이었어요. 저는 북극을 둘러싼 바다를 통해 북태평양에 도달하려는 다양한 항해 기록들을 열렬히 읽었죠. 우리 착한 토마스 삼촌의 도서관 전체가 탐험 목적의 항해 역사로 이루어져 있었다는 것을 기억하실 겁니다. 저의 교육은 소홀했지만, 저는 독서를 너무나 좋아했어요. 이 책들은 밤낮으로 저의 연구 대상이었고, 그것들과의 친숙함은 아버지의 유언 때문에 제가 선원 생활을 할 수 없다는 것을 알았을 때 느꼈던 후회를 더 크게 만들었죠.

저의 영혼을 황홀하게 하고 하늘로 들어 올린 시인들의 열정적인 작품을 처음 읽었을 때, 이러한 탐험의 환상은 사라졌어요. 저 역시 시인이 되었고

일 년 동안 저 자신의 창조물인 낙원에서 살았죠. 저는 저 역시 호메로스와 셰익스피어처럼 이름이 신성하게 된 전당에 자리를 얻을 수 있을 거라고 상상했어요. 누님은 제가 실패하고 그 실망을 얼마나 무겁게 견뎌냈는지 잘 아실 거예요. 하지만 바로 그때 사촌의 재산을 상속받았고, 저의 생각은 다시 초기 경향의 방향으로 돌아섰답니다.

제가 현재의 사업을 결심한 지 육 년이 지났어요. 저는 지금도 제가 이 위대한 사업에 헌신한 시간을 기억할 수 있죠. 저는 육체를 고난에 단련시키는 것으로 시작했어요. 고래잡이들과 함께 북해로의 여러 원정에 동행했죠. 저는 자발적으로 추위, 굶주림, 갈증, 수면 부족을 견뎠어요. 낮에는 평범한 선원들보다 더 열심히 일했고, 밤에는 수학, 의학 이론 그리고 해상 모험가가 가장 큰 실질적인 이점을 얻을 수 있는 물리 과학 분야를 연구하는데 전념했죠. 두 번은 실제로 그린란드 고래잡이 배의 하급 항해사로 자진해서 일했고, 찬탄을 받을 정도로 임무를 수행했어요. 저의 선장이 저에게 배에서 두 번째 지위를 제안하고, 저의 봉사를 그토록 가치있게 여겨 가장 간절하게 남아 달라고 간청했을 때, 저는 약간의 자부심을 느꼈음을 인정해야 합니다.

그리고 이제, 사랑하는 마거릿, 제가 어떤 위대한 목적을 달성할 자격이 있지 않겠어요? 저의 삶은 편안함과 사치 속에서 보낼 수도 있었지만, 저는 부가 제 길에 놓은 모든 유혹보다 영광을 선호했어요. 오, 격려의 목소리가 '가보자고!'라고 긍정적으로 대답해 준다면! 저의 용기와 결심은 확고해요. 하지만 저의 희망은 요동치고, 저의 정신은 종종 침체됩니다. 저는 길고 어려운 항해를 계속하려고 해요. 그 비상사태는 저의 모든 용기를 요구할 겁니다. 저는 다른 사람들의 정신을 고무할 뿐만 아니라, 그들의 정신이 쇠약해질 때 때로는 저 자신의 정신을 유지해야 하니까요.

러시아를 여행하기에 지금이 가장 좋은 시기예요. 그들은 썰매를 타고 눈 위를 재빨리 날아갑니다. 그 움직임은 쾌적하고, 제 생각엔 영국 역마차의 움직임보다 훨씬 더 즐거워요. 털가죽으로 몸을 감싸면 추위는 과도하지 않죠. 저는 이미 채택한 복장입니다. 갑판을 걷는 것과 움직임 없이 몇 시간 동안 앉아 있는 것 사이에는 큰 차이가 있으니까요. 움직임이 혈액이 정말로 혈관 속에서 얼어붙는 것을 막지 못할 때 말입니다. 저는 상트페테르부르크와 아르한겔스크 사이의 우편 도로에서 목숨을 잃을 야망은 없답니다.

저는 2주나 3주 안에 후자의 도시로 떠날 거예요. 그리고 저의 의도는 그곳에서 배를 고용하는 것입니다. 선주를 위해 보험료를 지불하면 쉽게 할 수 있죠. 그리고 고래잡이에 익숙한 사람들 중에서 필요하다고 생각하는 만큼 많은 선원을 고용하는 거예요. 저는 6월까지는 출항할 의도가 없어요. 그리고 언제 돌아올까요? 아, 사랑하는 누님, 제가 이 질문에 어떻게 대답할 수 있겠어요? 제가 성공한다면, 누님과 제가 다시 만날 때까지 몇 달, 아마도 몇 년이 흐를 겁니다. 제가 실패한다면, 곧 다시 저를 보실 것이고, 아니면 결코 못 보실 겁니다.

잘 계십시오, 나의 사랑하는, 훌륭한 마거릿. 하늘이 당신에게 축복을 내려주시고, 저를 구해주서서, 당신의 모든 사랑과 친절에 대한 저의 감사를 계속해서 증언할 수 있기를!

당신의 애정 어린 동생, R. 월튼

▶ 편지 2

수신: 사빌 부인, 영국 아르한겔스크,
17__년 3월 28일

 서리와 눈에 둘러싸여 있으니 시간이 얼마나 더디게 가는지요! 하지만 저의 사업을 향한 두 번째 걸음이 내디뎌졌어요. 저는 배를 고용했고, 선원들을 모집하는 일에 몰두하고 있습니다. 제가 이미 고용한 사람들은 제가 의지할 수 있는 사람인 듯하며, 분명히 대담한 용기를 소유하고 있습니다.
 하지만 저에게는 하나의 부족함이 있어요. 아직 충족시킬 수 없었고, 그 대상이 없는 것을 지금 가장 심각한 악으로 느낍니다. 마거릿, 저에게는 친구가 없어요. 제가 성공의 열정으로 타오를 때,

저의 기쁨에 참여할 사람이 없을 겁니다. 제가 실망에 공격받을 때, 아무도 저를 낙담 속에서 지탱하려 노력하지 않을 거예요. 저의 생각을 종이에 맡길 겁니다. 그것은 사실이죠. 하지만 그것은 감정을 소통하기에는 빈약한 매개체예요. 저는 저와 공감할 수 있고, 저의 눈에 답해줄 사람의 동행을 바랍니다.

누님은 저를 낭만적이라고 여길지 모르지만, 사랑하는 누님, 저는 친구의 부재를 쓰라리게 느낍니다. 제 곁에는 온화하면서도 용감하고, 교양 있고 능력 있는 마음을 소유하며, 저와 같은 취향을 가진, 저의 계획을 승인하거나 개선해 줄 사람이 아무도 없어요. 그런 친구가 누님의 불쌍한 동생의 결점을 어떻게 보완해 줄까요! 저는 실행에 너무 열성적이고 어려움에 너무 성급합니다.

하지만 저에게는 더 큰 악이 있어요. 바로 제가 독학했다는 것이죠. 제 삶의 처음 14년 동안 저는 황야에서 제멋대로 달렸고, 토마스 삼촌의 항해 책 외에는 아무것도 읽지 않았어요. 그 나이에 저는 우리나라의 저명한 시인들을 알게 되었죠. 하지만 그런 확신으로부터 가장 중요한 이점을 얻을 힘이 제게서 사라졌을 때에야 비로소, 저는 저의 모국어 외에 더 많은 언어를 알 필요성을 깨달았습니다. 이제 저는 스물여덟 살이고, 실제로 열다섯 살의 많은 학교 소년들보다 더 문맹이에요. 제가 더 많이 생각했고, 저의 백일몽이 더 광범위하고 장엄하다는 것은 사실입니다. 하지만 그들에게는 (화가들이 부르는 것처럼) 균형이 부족하며, 저는 저를 낭만적이라고 경멸하지 않을 만큼 분별력 있고, 저의 마음을 규제하려고 노력할 만큼 애정이 있는 친구가 절실히 필요합니다.

음, 이것들은 쓸데없는 불평이에요. 저는 넓은 바다에서, 심지어 상인들과 선원들 사이의 아르한겔스크에서도 친구를 결코 찾지 못할 겁니다. 하지만 인간 본성의 찌꺼기와 무관한 어떤 감정은 이 거친 가슴 속에서도 박동합니다.

예를 들어, 저의 부관은 놀라운 용기와 진취성을 가진 사람입니다. 그는 영광을 맹렬히 바라거나, 오히려 제 표현을 더 특징적으로 말하자면, 자신의 직업에서의 진급을 맹렬히 바랍니다. 그는 영국인이고, 교양으로 누그러지지 않은 국가적, 직업적 편견 속에서도 인류의 가장 고귀한 자질 중 일부를 유지하고 있어요. 저는 고래잡이 배에서 처음 그를 알게 되었죠. 그가 이 도시에서 실직 상태임을 알고, 저는 쉽게 그를 저의 사업에 도움이 되도록 고용했습니다.

 선장은 훌륭한 성품을 가진 사람이며, 온화함과 규율의 온순함으로 배에서 주목받습니다. 이 상황은 그의 잘 알려진 성실성과 대담한 용기가 더해져, 제가 그를 고용하고 싶어 하도록 만들었죠. 고독 속에서 보낸 청소년기, 누님의 온화하고 여성적인 보살핌 속에서 보낸 가장 좋은 시절은 저의 성격의 기본을 너무나 세련되게 만들었고, 저는 배에서 흔히 행해지는 야만적인 행위에 대한 강렬한 혐오감을 극복할 수 없습니다. 저는 그것이 필요하다고 결코 믿지 않았으며, 친절한 마음과 선원들이 그에게 바치는 존경과 복종으로 똑같이 유명한 선원에 대해 들었을 때, 저는 그의 봉사를 확보할 수 있게 된 것이 특히 운이 좋다고 느꼈습니다.

저는 다소 낭만적인 방식으로, 그에게 자신의 삶의 행복을 빚진 숙녀로부터 처음 그에 대해 들었습니다. 이것이 간략한 그의 이야기입니다. 몇 년 전, 그는 적당한 재산을 가진 젊은 러시아 여성을 사랑했고, 전리금으로 상당한 금액을 모았기 때문에, 그 소녀의 아버지는 결혼에 동의했죠. 그는 정해진 의식 전에 한 번 자신의 연인을 보았습니다. 하지만 그녀는 눈물에 흠뻑 젖어 있었고, 그의 발 앞에 몸을 던지며, 자신을 이해해달라고 간청했어요. 동시에 다른 사람을 사랑하지만, 그가 가난하고, 그녀의 아버지가 결코 그 결합에 동의하지 않을 것이라고 고백했습니다. 저의 관대한 친구는 그 간청하는 이를 안심시켰고, 그녀의 연인의 이름을 알려주자마자 즉시 자신의 추구를 포기했습니다. 그는 이미 자신의 돈으로 농장을 샀고, 그곳에서 남은 삶을 보낼 계획이었지만, 자신의 라이벌에게 그 모든 것을 주었고, 가축을 구매할 수 있도록 남은 전리금도 함께 주었습니다. 그러고 나서 스스로 그 젊은 여성의 아버지에게 그녀가 그녀의 연인과 결혼하는 것에 동의해 달라고 간청했죠. 하지만 노인은 자신이 저의 친구에게 명예로 묶여 있다고 생각했기 때문에 단호하게 거절했습니다. 그의 아버지가 완고하다는 것을 알았을 때, 저의 친구는 자신의 나라를 떠났고, 자신의 옛 연인이 자신의 의사대로 결혼했다는 것을 들을 때까지 돌아오지 않았습니다.

"얼마나 고귀한 친구인가요!" 누님은 외치실 겁니다. 그는 그렇습니다. 하지만 그는 완전히 교육받지 못했어요. 그는 디키인처럼 말이 없고,

일종의 무지한 부주의가 그를 따라다닙니다. 이는 그의 행동을 더욱 놀랍게 만드는 동시에, 그가 그렇지 않았다면 명령했을 관심과 공감을 감소시킵니다.

 하지만 제가 약간 불평한다고 해서, 또는 제가 결코 알지 못할 저의 노고에 대한 위안을 상상할 수 있다고 해서, 제가 저의 결심에서 흔들리고 있다고 추측하지는 마십시오. 그것들은 운명만큼 확고하며, 저의 항해는 날씨가 저의 승선을 허용할 때까지 지연될 뿐입니다. 겨울은 끔찍하게 혹독했지만, 봄은 좋을 것을 약속하며, 놀라울 정도로 이른 계절로 간주됩니다. 그래서 아마도 저는 예상했던 것보다 더 빨리 출항할 수도 있어요. 저는 경솔하게 아무것도 하지 않을 겁니다. 누님은 다른 사람들의 안전이 저의 보살핌에 맡겨질 때마다 저의 신중함과 사려 깊음을 신뢰하기에 충분합니다.

저는 저의 사업이 가까워졌을 때의 저의 감각을 누님에게 묘사할 수 없습니다. 저를 떠날 준비를 하면서 느끼는 떨리는 감각—반은 즐겁고 반은 두려운—에 대한 개념을 누님에게 전달하는 것은 불가능합니다. 저는 미개척 지역으로, '안개와 눈의 땅'으로 가고 있어요. 하지만 저는 앨버트로스를 죽이지 않을 겁니다. 그러므로 저의 안전에 대해 경계하지 마십시오. 혹은 제가 '노수부(Ancient Mariner)'처럼 지치고 슬픈 모습으로 누님에게 돌아갈까 봐 걱정하지 마십시오. 누님은 저의 암시에 미소지을 겁니다. 하지만 저는 비밀을 밝히겠습니다. 저는 해양의 위험한 신비에 대한 저의 애차, 저의 열정적인 열광을 현대 시인들 중 가장 상상력이 풍부한 그 작품에 귀속시키는 경우가 자주 있었습니다.

저의 영혼 속에는 제가 이해하지 못하는 무언가가 작동하고 있어요. 저는 실용적으로 근면하고—고통을 감수하며, 인내와 노고로 실행하는 일꾼입니다—하지만 이것 외에도 놀라운 것에 대한 사랑, 놀라운 것에 대한 믿음이 저의 모든 계획에 얽혀 있으며, 저를 인간의 일반적인 경로에서 벗어나 거친 바다와 제가 탐험하려는 미방문 지역으로까지 몰고 갑니다.

하지만 더 소중한 고려 사항으로 돌아갑시다. 광대한 바다를 횡단하고 아프리카나 아메리카의 가장 남쪽 곶으로 돌아온 후, 제가 누님을 다시 만날 수 있을까요? 저는 그런 성공을 감히 기대하지 않지만, 그 반대의 그림은 도저히 볼 수

없습니다. 당분간 모든 기회에 저에게 편지를 계속
써 주십시오. 저는 저의 정신을 지탱하기 위해
그것들이 가장 필요할 때 가끔 누님의 편지를 받을
수도 있습니다. 저는 누님을 아주 다정하게
사랑합니다. 제가 다시는 누님에게서 소식을
전하지 못하더라도 애정으로 저를 기억해
주십시오.

누님의 애정 어린 동생, R 월튼

▶ 편지 3

수신: 사빌 부인, 영국 17__년 7월 7일

 나의 사랑하는 누님, 제가 안전하고 항해를 순조롭게 진행하고 있다는 것을 말하기 위해 급히 몇 줄을 씁니다. 이 편지는 현재 아르한겔스크에서 본국으로 항해 중인 상선을 통해 영국에 도착할 거예요. 저보다 더 운이 좋은 배죠. 저는 어쩌면 몇 년 동안 고향 땅을 보지 못할 수도 있으니까요.

 하지만 저는 기분이 좋아요. 제 선원들은 대담하고 겉으로 보기에는 목표가 확고하며, 우리가 나아가고 있는 지역의 위험을 나타내는 계속해서 우리를 지나치는 떠다니는 얼음 조각도 그들을 겁주지 않는 듯합니다. 우리는 이미 매우 높은 위도에 도달했습니다. 하지만 여름의 절정이고, 영국만큼 따뜻하지는 않지만, 제가 그토록 간절히 도달하기를 바라는 해안으로 우리를 재빨리 불어가는 남풍은 제가 기대하지 않았던 어느 정도의 활력을 주는 따뜻함을 불어넣습니다.

편지에 기록할 만한 어떤 사건도 지금까지 우리에게 발생하지 않았어요. 한두 번의 강한 돌풍과 배에 누수가 생기는 것은 경험 많은 항해사들이 기록하기를 거의 기억하지 않는 사고입니다. 그리고 저는 저희의 항해 동안 더 나쁜 일이 발생하지 않는다면 충분히 만족할 것입니다.

잘 계십시오, 나의 사랑하는 마거릿. 당신을 위해서뿐만 아니라 저 자신을 위해서도 위험에 경솔하게 맞서지 않을 것임을 확신하십시오. 저는 냉정하고, 인내심 있고, 신중할 거예요.

하지만 성공은 저의 노력에 왕관을 씌워줄 겁니다. 왜 안 되겠어요? 지금까지 저는 길 없는 바다 위로 안전한 길을 추적하며 왔습니다. 바로 별들 자체가 저의 승리의 증인이자 증거예요. 왜 길들여지지 않았지만 순종하는 원소 위로 계속 나아가지 않아야 합니까? 인간의 단호한 심장과 결심된 의지를 무엇이 멈출 수 있겠어요!

저의 벅차오르는 심장은 무심코 이렇게 스스로를 쏟아냅니다. 하지만 마쳐야 합니다. 하늘이 저의 사랑하는 누님을 축복하시기를!

R.W.

▶ 편지 4

수신: 사빌 부인
영국 17__년 8월 5일

 너무나 이상한 사고가 우리에게 발생하여, 저는 이 종이가 누님의 소유가 되기 전에 누님이 저를 보게 될 가능성이 매우 높지만, 그것을 기록하지 않을 수 없습니다.
 지난 월요일(7월 31일), 우리는 얼음에 거의 둘러싸여 있었는데, 배가 떠다닐 바다 공간조차 거의 남기지 않은 채 사방에서 배를 가두었죠. 우리의 상황은 다소 위험했는데, 특히 우리가 매우 짙은 안개에 둘러싸여 있었기 때문입니다. 우리는 그에 따라 정선했어요. 대기와 날씨에 어떤 변화가 일어나기를 바라면서 말입니다.

두 시경, 안개가 걷혔고, 우리는 사방으로 펼쳐진 광대하고 불규칙한 얼음 평원을 보았는데, 끝이 없는 듯 했습니다. 저의 동료들 중 몇몇은 신음했고, 저의 마음도 불안한 생각으로 경계하기 시작했죠. 그때 이상한 광경이 갑자기 우리의 주의를 끌었고, 우리의 상황에 대한 걱정을 돌렸습니다. 우리는 반 마일 거리에서 썰매에 고정되어 개들이 끄는 낮은 마차가 북쪽으로 지나가는 것을 인지했습니다. 사람의 형상을 가졌지만, 겉으로 보기에 거대한 체격의 존재가 썰매에 앉아 개들을 조종하고 있었죠. 우리는 망원경으로 그 여행자의 빠른 진행을 지켜보았고, 그가 얼음의 먼 불균형 속으로 사라질 때까지 지켜보았습니다.

이러한 모습은 우리의 전폭적인 경이를 불러일으켰어요. 우리는 어떤 땅에서도 수백 마일 떨어져 있다고 믿었습니다. 하지만 이 환영은 우리가 상상했던 것만큼 실제로 멀리 있지 않았음을 나타내는 듯했죠. 그러나 얼음에 갇혀 있었기 때문에, 우리가 가장 큰 주의를 기울여 관찰했던 그의 흔적을 따라가는 것은 불가능했습니다.

　이 사건이 발생한 지 약 두 시간 후, 우리는 밑바닥 바다 소리를 들었고, 밤이 되기 전에 얼음이 깨져 우리의 배를 자유롭게 했습니다. 하지만 우리는 아침까지 정선했어요. 어둠 속에서 얼음이 깨진 후 떠다니는 그 큰 헐거운 덩어리들과 마주치는 것을 두려워했기 때문이죠. 저는 이 시간을 이용하여 몇 시간 동안 휴식을 취했습니다.

아침에 날이 밝자마자 저는 갑판으로 나갔고, 모든 선원들이 배의 한쪽에서 바다에 있는 누군가에게 말하고 있는 듯 바쁘게 일하고 있는 것을 발견했습니다. 그것은 사실, 우리가 이전에 보았던 썰매와 같은 것이었어요. 그것이 밤에 큰 얼음 조각 위에 떠서 우리에게 표류해 왔습니다. 개는 오직 한 마리만 살아 있었지만, 그 안에는 사람이 있었고, 선원들이 배에 오르도록 설득하고 있었죠. 그는 다른 여행자처럼 어떤 미발견된 섬의 야만스러운 주민이 아니라, 유럽인이었습니다. 제가 갑판에 나타났을 때, 선장은 "여기 우리 선장이 계시고, 그는 당신이 대양에서 멸망하도록 허락하지 않을 것입니다"라고 말했습니다.

　저를 인지하자, 낯선 이는 외국어 악센트이기는 했지만, 영어로 저에게 말을 걸었습니다.

"제가 당신의 배에 오르기 전에, 어디로 향하고 계신지 친절하게 알려주시겠습니까?"

당신은 저에게 향해지는 그러한 질문을 듣고 저의 놀라움을 상상하실 수 있을 겁니다. 그는 파멸의 벼랑에 서 있는 사람이었고, 저는 저의 배가 그가 지구가 제공할 수 있는 가장 소중한 재산과도 바꾸지 않을 자원일 것이라고 추측했어야 하죠. 하지만 저는 대답했습니다. 우리는 북극을 향한 탐험 항해 중이라고 말입니다.

이 말을 듣자, 그는 만족한 듯했고, 배에 오르는 것을 동의했습니다. 맙소사! 마거릿, 자신의 안전을 위해 그렇게 협상한 사람을 당신이 보았다면, 당신의 놀라움은 끝이 없었을 거예요. 그의 사지는 거의 얼어붙어 있었고, 그의 몸은 피로와 고통으로 끔찍하게 쇠약해져 있었습니다.

저는 그토록 비참한 상태의 사람을 본 적이 없습니다. 우리는 그를 선실로 옮기려 했지만, 그가 신선한 공기를 벗어나자마자 기절했습니다. 우리는 그를 갑판으로 다시 데려왔고, 브랜디로 문지르고 소량을 억지로 삼키게 하여 의식을 회복시켰습니다. 그가 회생의 징후를 보이자마자, 우리는 그를 담요로 감싸고 주방 스토브의 굴뚝 근처에 배치했죠. 느린 속도로 그는 회복했고, 약간의 수프를 먹었는데, 그를 놀라울 정도로 회복시켰습니다.

그가 말을 할 수 있을 때까지 이런 식으로 이틀이 지났고, 저는 그의 고통이 그의 이해력을 빼앗았을까 자주 두려워했습니다. 그가 어느 정도 회복되었을 때, 저는 그를 저의 선실로 옮겼고, 저의 의무가 허락하는 한 그를 돌봤습니다. 저는 이보다 더 흥미로운 존재를 본 적이 없습니다. 그의 눈은 일반적으로 야성스러움, 심지어 광기의 표현을 가지고 있지만, 누군가 그에게 친절한 행위를 수행하거나 가장 사소한 봉사라도 할 때, 그의 온 얼굴은 저가 결코 비교할 수 없다고 생각하는 자비와 달콤함의 빛으로 밝아지는 순간들이 있어요. 하지만 그는 일반적으로 우울하고 절망하며, 때때로 그를 짓누르는 비애의 무게를 참을 수 없다는 듯이 이를 묶니다.

저의 손님이 약간 회복되었을 때, 저는 그에게 수천 가지 질문을 하고 싶어 하는 선원들을 떼어놓는 데 큰 어려움을 겪었습니다. 하지만 저는 온전한 휴식에 분명히 달려 있는 신체와 정신 상태에서 그들의 쓸데없는 호기심에 그가 괴롭힘을 당하도록 허락하지 않았죠. 하지만 한

번은 부관이 그에게 왜 그렇게 이상한 탈것을 타고 얼음 위를 그토록 멀리 왔는지 물었습니다.

그의 얼굴은 즉시 가장 깊은 음울함의 모습을 띠었고, 그는 대답했습니다.

"저에게서 도망친 사람을 찾기 위해서입니다."

"그렇다면 당신이 추격하던 그 사람도 같은 방식으로 여행했습니까?"

"예"

"그렇다면 저희가 그를 본 것 같습니다. 당신을 구하기 전날, 저희는 얼음을 가로질러 썰매를 끄는 개들과 그 안에 남자가 있는 것을 보았습니다."

이것이 낯선 이의 주의를 환기시켰고, 그는 자신이 그를 부르던 악마가 추구한 경로에 관한 수많은 질문을 했습니다. 곧 이후, 그가 저와 단둘이 있었을 때, 그가 말했습니다. "저는 분명히 당신의 호기심을, 이 착한 사람들의 호기심뿐만 아니라, 자극했을 것입니다. 하지만 당신은 너무 사려 깊어서 질문을 하지 않습니다."

"물론이죠. 저의 어떤 호기심으로도 당신을 괴롭히는 것은 정말로 무례하고 비인간적일 것입니다."

"그런데도 당신은 저를 이상하고 위험한 상황에서 구해주셨습니다. 당신은 자비롭게 저에게 생명을 돌려주었습니다."

이 직후, 그는 얼음이 깨진 것이 다른 썰매를 파괴했을 것이라고 생각하는지 물었습니다. 저는 어떤 정도의 확신을 가지고 대답할 수 없다고 대답했습니다. 얼음은 자정 가까이 될 때까지 깨지지 않았고, 여행자는 그 시간 전에 인진한 곳에 도착했을 수도 있습니다. 히지만 이것에 대해 저는 판단할 수 없었습니다.

이때부터 새로운 생명의 정신이 낯선 이의 쇠약해지는 몸을 활기 있게 했습니다. 그는 이전에 나타났던 썰매를 보기 위해 갑판에 나가는 것에 가장 큰 열의를 보였습니다. 하지만 저는 그를 선실에 남아 있도록 설득했어요. 그는 대기의 차가움을 견디기에는 너무 약했기 때문이죠. 저는 누군가가 그를 위해 망을 보고, 새로운 물체가 시야에 나타나면 즉시 알려주겠다고 약속했습니다.

이것이 오늘에 이르기까지 이 이상한 사건과 관련된 저의 일지입니다. 낯선 이는 점차적으로 건강이 호전되었지만, 매우 말이 없고 저를 제외한 누군가가 자신의 선실에 들어오면 불안해합니다. 하지만 그의 태도는 너무나 융화적이고 온화해서 선원들 모두가 그에게 관심을 가지고 있습니다. 그들이 그와 거의 대화를 나누지 않았음에도 불구하고 말입니다.

저 자신의 입장에서는, 그를 형제처럼 사랑하기 시작했고, 그의 끊임없고 깊은 슬픔은 저를 공감과 연민으로 가득 채웁니다. 그는 자신의 더 나았던 시절에 고귀한 존재였음에 틀림없습니다. 지금 파선 상태에서도 그토록 매력적이고 사랑스럽기 때문입니다.

사랑하는 마거릿, 저는 편지 중 하나에서 넓은 바다에서 친구를 찾지 못할 것이라고 말했습니다. 하지만 저는 그의 정신이 불행으로 부서지기 전에, 저의 심장의 형제로 소유하기를 행복해했을 사람을 찾았습니다.

저는 기록할 새로운 사건이 있다면, 간격을 두고

낯선 이에 대한 저의 일지를 계속 이어가겠습니다.

17__년 8월 13일

 저의 손님에 대한 저의 애정이 날마다 증가합니다. 그는 저의 찬탄과 연민을 놀라운 정도로 동시에 불러일으킵니다. 저는 그토록 고귀한 존재가 비참함으로 파괴되는 것을 가장 통렬한 슬픔을 느끼지 않고 어떻게 볼 수 있겠어요? 그는 너무나 온화하지만, 너무나 현명합니다. 그의 마음은 너무나 교양 있으며, 그가 말할 때, 비록 그의 단어들이 가장 정교한 기술로 선별되었지만, 그럼에도 불구하고 그것들은 빠르게 그리고 비교할 수 없는 웅변으로 흘러나옵니다.
 그는 이제 자신의 병에서 훨씬 많이 회복되었고,

계속해서 갑판에 있습니다. 겉으로 보기에는 자신의 앞에 나타났던 썰매를 지켜보는 듯합니다. 하지만 불행함에도 불구하고, 그는 자신의 비참함에 완전히 몰두되어 있지 않고, 다른 사람들의 계획에도 깊은 관심을 보입니다. 그는 저의 계획에 관해 자주 대화했습니다. 저는 그것을 숨김없이 그에게 전달했죠. 그는 저의 궁극적인 성공을 옹호하는 저의 모든 주장과 저가 그것을 확보하기 위해 취했던 조치들의 모든 세부 사항에 주의 깊게 귀를 기울였습니다.

저는 그가 표현한 공감에 쉽게 이끌려 저의 심장의 언어를 사용했고, 저의 영혼의 불타는 열의를 토로했으며, 저를 달구던 모든 열정으로, 저가 저의 사업의 추진을 위해 저의 재산, 저의 존재, 저의 모든 희망을 얼마나 기꺼이 희생할 것인지 말했습니다. 한 사람의 생명이나 죽음은 저가 추구하는 지식의 습득을 위해, 저가 우리 종족의 원소 적들을 대상으로 얻게 되고 전달하게 될 지배력을 위해 지불할 작은 대가에 불과했어요.

저가 말할 때, 짙은 어둠이 저의 청자의 얼굴에 퍼졌습니다. 처음에 저는 그가 자신의 감정을 억누르려는 것을 감지했습니다. 그는 손을 눈앞에 가져갔고, 저는 그의 손가락 사이로 눈물이 빠르게 흘러내리는 것을 보았을 때 저의 목소리가 떨리고 사라졌습니다. 그의 들썩이는 가슴에서 신음이 터져 나왔죠. 저는 멈췄습니다. 마침내 그가 끊기는 억양으로 말했습니다. "불행한 사람! 당신도 저의 광기를 공유합니까? 당신도 그 취하게 하는 음료를 마셨습니까? 저의 말을 들으십시오. 저의 이야기를 당신에게 드러내게 하십시오.

그러면 당신은 그 잔을 당신의 입술에서 내던질 것입니다!"

당신은 상상하실 수 있겠지만, 그러한 단어들이 저의 호기심을 강하게 자극했습니다. 하지만 낯선 이를 사로잡았던 슬픔의 발작이 그의 약해진 힘을 압도했고, 그의 평정을 회복하는 데 몇 시간의 휴식과 평온한 대화가 필요했습니다.

그의 감정의 격렬함을 극복한 후, 그는 자신이 열정의 노예인 것에 대해 자신을 경멸하는 듯했습니다. 그리고 절망의 어두운 폭정을 진압하고, 그는 저를 다시 개인적으로 자신에 관해 대화하도록 이끌었습니다. 그는 저에게 저의 초기 시절의 역사를 물었습니다. 그 이야기는 빨리 전달되었지만, 다양한 성찰의 흐름을 일깨웠죠. 저는 친구를 찾고 싶은 저의 소망, 저의 몫에 결코 떨어지지 않았던 동료 마음과의 더 친밀한 공감에 대한 저의 갈증에 대해 말했고, 이 축복을 누리지 못하는 사람은 거의 행복을 자랑할 수 없다는 저의 확신을 표현했습니다.

"저는 당신에게 동의합니다," 낯선 이가 대답했습니다. "우리는 형성되지 않은 존재이며, 만약 우리 자신보다 더 현명하고, 더 훌륭하고, 더 소중한 사람—그런 친구가 되어야 합니다—이 우리의 약하고 결함 있는 본성을 완성하는 데 도움을 주지 않는다면, 절반만 완성된 것입니다. 저에게도 한때 친구가 있었습니다. 인간 존재 중 가장 고귀한 친구였으며, 그러므로 저는 우정에 관해 판단할 자격이 있습니다. 당신은 희망을 가지고 있고, 세상이 당신 앞에 있으며, 절망할 이유가 없습니다. 하지만 저는—저는 모든 것을 잃었고 삶을 다시 시작할 수 없습니다."

그가 이것을 말했을 때, 그의 얼굴은 저의 심장을 울리는 침착하고 확고한 슬픔을 표현했습니다.' 하지만 그는 침묵했고 곧 자신의 선실로 돌아갔죠.

그는 정신이 부서졌음에도 불구하고, 그보다 더 깊이 자연의 아름다움을 느낄 수 있는 사람은 없습니다. 별이 빛나는 하늘, 바다 그리고 이 경이로운 지역들이 제공하는 모든 광경은 여전히 그의 영혼을 지상에서 고양시키는 힘을 가지고 있는 듯합니다. 이런 사람은 이중 존재를 가지고 있어요. 그는 비참함을 겪고 실망에 압도될 수도 있지만, 자신의 내면으로 물러났을 때, 그는 그를 둘러싼 후광을 가진 천상의 영과 같을 겁니다. 그 원 안에는 어떤 슬픔이나 어리석음도 감히 들어가지 못하죠.

저가 이 신성한 방랑자에 관해 표현하는 열정에
누님은 미소 지으시겠어요? 누님이 그를 보신다면
그렇지 않을 겁니다. 누님은 책과 세상에서
은둔함으로써 교육받고 세련되었기 때문에 다소
까다롭습니다. 하지만 이것은 이 경이로운 사람의
비범한 장점을 감상하는 데 누님을 더욱 적합하게
만들 뿐이에요. 때때로 저는 그가 소유한 어떤
자질이 그를 저가 지금까지 알았던 어떤 다른
사람보다 그토록 헤아릴 수 없을 만큼 고양시키는
것인지 발견하려고 노력했습니다. 저는 그것이
직관적인 통찰력, 빠르지만 결코 실수하지 않는
판단력, 명료함과 정확성에 있어 비교할 수 없는
사물의 원인에 대한 침투력이라고 믿습니다.
이것에 더해 표현의 유창함과 다양한 억양이
영혼을 진정시키는 음악과 같은 목소리가 있죠.

17__년 8월 19일

 어제 낯선 이가 저에게 말했습니다. "월튼 선장, 당신은 제가 크고 비할 데 없는 불행을 겪었다는 것을 쉽게 인지할 수 있을 것입니다. 저는 한때 이 악몽의 기억이 저와 함께 죽도록 결심했지만, 당신은 저의 결심을 바꾸도록 저를 설득했습니다. 당신은 저가 이전에 그랬던 것처럼 지식과 지혜를 찾고 있습니다. 그리고 저는 당신의 소망의 충족이 저에게 그랬던 것처럼 당신에게 상처를 주는 뱀이 되지 않기를 간절히 바랍니다. 저는 저의 재난에 대한 이야기가 당신에게 유용할지는 모르겠습니다. 하지만 당신이 저를 현재 모습으로 만든 그 동일한 경로를 추구하고, 동일한 위험에 자신을 노출시키고 있다는 것을 성찰할 때, 당신이

저의 이야기에서 적절한 교훈을 추론할 수 있을
것이라고 상상합니다. 그것은 당신이 당신의
사업에 성공한다면 당신을 인도할 수 있고, 실패할
경우 당신을 위로할 수 있는 교훈입니다.
일반적으로 경이로운 것으로 간주되는 사건들을
들을 준비를 하십시오. 우리가 더 온화한 자연의
장면들 사이에 있었다면, 저는 당신의 불신, 어쩌면
당신의 조롱과 마주치는 것을 두려워했을 수도
있습니다. 하지만 이 야성적이고 신비로운
지역들에서는 자연의 늘 변화하는 힘에 익숙하지
않은 사람들의 웃음을 유발할 수도 있는 많은
것들이 가능해 보일 것입니다. 그리고 저의
이야기가 그것이 구성된 사건들의 진실에 대한
일련의 내적 증거를 전달한다는 것을 저는 의심할
수 없습니다."

당신은 저가 제안된 소통에 얼마나 많이 만족했는지 쉽게 상상할 수 있을 겁니다. 하지만 저는 그가 자신의 불행을 이야기함으로써 자신의 슬픔을 갱신하는 것을 견딜 수 없었습니다. 저는 약속된 이야기를 듣고 싶은 가장 큰 열의를 느꼈습니다. 부분적으로는 호기심 때문이었고, 부분적으로는 저의 힘이 닿는다면 그의 운명을 개선하고 싶은 강한 소망 때문이었죠. 저는 저의 대답에서 이러한 감정들을 표현했습니다.

　그가 대답했습니다.

　"당신의 공감에 감사합니다. 하지만 그것은 소용이 없습니다. 저의 운명은 거의 이루어졌습니다. 저는 단 하나의 사건만을 기다리고 있으며, 그러고 나면 평화롭게 쉴 것입니다. 저는 당신의 감정을 이해합니다."

그가 저의 말을 가로채려는 것을 감지하며 계속했습니다.

"하지만 당신이 저를 이렇게 불러도 된다면, 저의 친구, 당신은 오해하고 있습니다. 아무것도 저의 운명을 바꿀 수 없습니다. 저의 역사를 들으십시오. 그러면 그것이 얼마나 돌이킬 수 없이 결정되었는지 인지하게 될 것입니다."

그는 그러고 나서 저가 시간이 있을 다음 날 자신의 이야기를 시작할 것이라고 말했습니다. 이 약속은 저에게서 가장 따뜻한 감사를 끌어냈죠. 저는 매일 밤, 저의 의무로 꼭 붙잡혀 있지 않을 때, 그가 그날 동안 이야기한 것을 가능한 한 그의 말로 기록하기로 결심했습니다. 저가 바쁘다면, 적어도 메모를 할 것입니다. 이 원고는 틀림없이 누님에게 가장 큰 즐거움을 제공할 거예요. 하지만 그를 알고, 그의 입에서 직접 듣는 저에게—미래의 어떤 날 저는 그것을 얼마나 큰 관심과 공감으로 읽게 될까요! 지금 저가 저의 임무를 시작할 때에도, 그의 충만한 목소리가 저의 귀에 울려 퍼집니다. 그의 빛나는 눈은 모든 그들의 멜랑콜리 달콤함과 함께 저를 응시하고 있어요. 저는 그의 야윈 손이 활기에 차서 들어 올려지는 것을 봅니다. 동시에 그의 얼굴 윤곽은 내면의 영혼에 의해 빛나고 있죠. 그의 이야기는 이상하고 끔찍할 것이며, 그의 훌륭한 배를 그 항로 위에서 감싸고 난파시킨 폭풍은 끔찍했을 거예요—이렇게!

1

 저는 제네바에서 태어났어요. 우리 프랑켄슈타인 가문은 그 공화국에서 가장 저명한 가문 중 하나였죠. 저의 조상들은 수년 동안 평의회 의원과 행정 장관을 지냈고, 저의 아버지는 명예와 명성을 가지고 여러 공직을 수행했어요. 아버지는 성실함과 공무에 대한 지칠 줄 모르는 주의력으로 그를 아는 모든 이들에게 존경받았죠. 젊은 시절을 끊임없이 조국의 일에 몰두하며 보냈기 때문에, 여러 사정으로 인해 일찍 결혼하지 못했어요. 결국,

인생의 황혼기가 되어서야 비로소 남편이자 가정의 아버지가 되셨답니다.

아버지의 결혼 배경은 그 분의 성품을 잘 보여주기 때문에, 제가 이야기하지 않을 수 없네요. 아버지의 가장 친한 친구 중 한 명은 상인이었는데, 번성하던 상태에서 수많은 불행을 겪고 가난에 빠졌습니다. 뷰포트라는 이름의 이 남자는 자존심이 강하고 굽힐 줄 모르는 성격이었어요. 자신이 이전에 지위와 호화로움으로 주목받았던 바로 그 나라에서 가난과 망각 속에 사는 것을 견딜 수 없었죠. 따라서 그는 가장 명예로운 방식으로 빚을 모두 갚은 후, 딸과 함께 루체른이라는 마을로 물러났고, 그곳에서 알려지지 않은 채 비참하게 살았습니다.

저의 아버지는 뷰포트를 가장 진실된 우정으로

사랑했으며, 이러한 불행한 상황 속에서의 은둔에 깊이 슬퍼했어요. 친구를 이런 행동으로 이끈 잘못된 자존심을 쓰라리게 한탄했죠. 아버지는 지체 없이 친구를 찾아내려 노력했는데, 자신의 신용과 도움을 통해 친구가 세상을 다시 시작하도록 설득할 희망을 품었습니다.

뷰포트는 자신을 숨기기 위해 효과적인 조치를 취했고, 저의 아버지가 그의 거처를 발견하는 데 열 달이 걸렸어요. 이 발견에 기뻐하며, 아버지는 로이스 강 근처의 초라한 거리에 위치한 집으로 서둘러 갔습니다. 하지만 그가 들어섰을 때, 비참함과 절망만이 그를 맞이했죠.

뷰포트는 자신의 몰락한 재산에서 아주 적은 돈만을 구했지만, 이는 몇 달 동안 생계를 유지하기에 충분했고, 그동안 그는 어떤 상인의

집에서 괜찮은 일자리를 구할 수 있기를
바랐습니다. 결과적으로, 그 사이의 시간은
아무것도 하지 않는 상태로 보내졌어요. 그가
숙고할 여가를 가질 때 그의 슬픔은 더 깊어지고
곪아갔고, 마침내 그것이 그의 마음을 너무나
강하게 사로잡아서, 석 달이 끝날 무렵 그는 병상에
누워 어떤 노력도 할 수 없게 되었죠.

  그의 딸은 가장 깊은 다정함으로 그를
간호했지만, 그들의 작은 자금이 빠르게 줄어들고
있고 다른 지원의 전망이 없다는 것을 절망 속에서
보았습니다. 하지만 캐롤라인 뷰포트는 비범한
기질을 가졌고, 그녀의 용기는 역경 속에서 그녀를
지탱하기 위해 솟아올랐어요. 그녀는 간단한 일을
구했습니다. 짚을 엮었고 다양한 수단으로 생계를
유지하기에 간신히 충분한 푼돈을 벌어

꾸려나갔죠.

 몇 달이 이런 식으로 흘렀습니다. 그녀의 아버지는 더 악화되었고, 그녀의 시간은 그를 간호하는 데 더 전적으로 몰두되었습니다. 그녀의 생계 수단은 줄어들었고, 열 번째 달에 그녀의 아버지는 그녀의 팔에서 사망했고, 그녀를 고아이자 거지로 남겨두었습니다. 이 마지막 타격이 그녀를 압도했고, 그녀는 뷰포트의 관 옆에 무릎을 꿇고 심하게 울고 있었습니다. 그때 저의 아버지가 방에 들어섰어요. 그는 불쌍한 소녀에게 보호하는 영처럼 왔고, 그녀는 자신을 그의 보살핌에 맡겼습니다. 그리고 친구의 장례식 후에 아버지는 그녀를 제네바로 데려가 친척의 보호 아래 두셨죠. 이 사건 후 2년 뒤 캐롤라인은 아버지의 아내가 되었습니다.

저의 부모님의 나이에는 상당한 차이가 있었지만, 이 상황은 그들을 헌신적인 애정의 유대 속에서 더욱 가깝게 만들었어요. 저의 아버지의 정직한 마음 속에는 정의감이 있었는데, 이는 그가 강하게 사랑하기 위해서는 높이 인정해야 할 필요성을 느끼게 했습니다. 아마도 이전 세월 동안 아버지는 사랑했던 사람의 늦게 발견된 무가치함으로 고통받았을 것이고, 그래서 검증된 가치에 더 큰 가치를 두려는 성향을 가졌을 겁니다. 저의 어머니에 대한 아버지의 애착에는 노년의 맹목적인 애정과는 전적으로 다른, 감사와 숭배의 모습이 있었습니다. 왜냐하면 그것은 어머니의 미덕에 대한 경외심과, 그녀가 겪었던 슬픔을 어느 정도 보상해 줄 수단이 되고자 하는 소망에서 영감을 받았기 때문이죠.

이는 어머니에 대한 아버지의 태도에 형언할 수 없는 우아함을 더했습니다. 모든 것이 그녀의 소망과 그녀의 편의에 양보하도록 만들어졌어요. 아버지는 그녀를 정원사가 귀한 외래종을 모든 거친 바람으로부터 보호하듯이 보호하려 노력했고, 그녀의 온화하고 자비로운 마음에 즐거운 감정을 유발하는 데 기여할 수 있는 모든 것으로 그녀를 둘러싸려 했죠. 그녀의 건강, 심지어 그녀의 지금까지 변함없던 정신의 평온함까지도 그녀가 겪었던 일들로 인해 흔들렸습니다. 그들의 결혼 전 2년 동안 저의 아버지는 모든 공직을 점차적으로 포기했어요. 그리고 결합 직후, 그들은 약해진 어머니의 몸을 회복시키기 위한 치료로서 쾌적한 이탈리아의 기후와, 그 경이로운 땅을 여행하는 데 수반되는 장면과 흥미의 변화를 찾아

떠났습니다.

 이탈리아에서 그들은 독일과 프랑스를 방문했어요. 그들의 맏이인 저는 나폴리에서 태어났고, 젖먹이 때 그들의 여행에 동행했습니다. 저는 수년 동안 그들의 유일한 자녀로 남았습니다. 그들이 서로에게 애착을 가졌던 만큼, 그들은 사랑의 광산에서 마르지 않는 애정의 저장고를 길어내어 저에게 베푸는 듯했어요. 저의 어머니의 다정한 애무와 저를 바라보시는 아버지의 자비로운 기쁨의 미소가 저의 첫 기억들입니다. 저는 그들의 장난감이자 그들의 우상이었으며, 그보다 더 나은 존재—그들의 아이, 하늘이 그들에게 선사한 순수하고 무력한 피조물이었습니다. 그들을 선하게 기르고, 미래의 운명을 행복이나 비참함으로 인도하는 것이 그들

손에 달려 있었는데, 이는 그들이 저에 대한 의무를 어떻게 이행하느냐에 따라 달렸죠. 그들이 생명을 준 존재에 대해 빚진 것에 대한 이 깊은 의식에, 두 분을 활기 있게 했던 다정함의 활동적인 정신이 더해져, 제가 젖먹이 시절 매 시간마다 인내, 자비, 그리고 자제력의 가르침을 받았지만, 모든 것이 저에게는 하나의 즐거움의 연속처럼 느껴지도록 비단실로 인도받았다고 상상할 수 있을 겁니다.

오랫동안 저는 그들의 유일한 걱정거리였습니다. 저의 어머니는 딸을 갖기를 몹시 바라셨지만, 저는 그들의 단 하나의 자손으로 남았어요. 제가 다섯 살쯤 되었을 때, 이탈리아 국경 밖으로 여행을 하던 중, 그들은 코모 호수 기슭에서 일주일을 보냈습니다. 그들의 자비로운 성품은 종종 그들을 가난한 사람들의 오두막으로 들어가게 했죠. 이것은 저의 어머니에게는 의무 이상이었습니다. 그것은 필연, 열정이었어요 ― 그녀가 겪었던 일과 구제받았던 방식을 기억하며 ― 고통받는 이들에게 수호 천사의 역할을 차례로 하는 것이었죠.

그들의 산책 중 어느 날, 골짜기의 주름 속에 있는 초라한 오두막 하나가 유난히 쓸쓸해 보여 그들의 눈길을 끌었고, 그 주변에 모여 있는 반쯤 옷을 입은 아이들의 수는 최악의 형태의 빈곤을 말해주었습니다. 어느 날, 저의 아버지가 밀라노에 혼자 가셨을 때, 저의 어머니는 저를 동반하여 이 거처를 방문했습니다. 그녀는 농부와 그의 아내를 발견했는데, 열심히 일하고, 걱정과 노동에 허리가 굽은 채, 배고픈 다섯 명의 아기들에게 부족한 식사를 나누어주고 있었죠.

이 아이들 중에서 저의 어머니의 눈길을 다른 모든 아이들보다 훨씬 더 사로잡은 아이가 하나 있었습니다. 그녀는 다른 혈통인 듯 보였어요. 다른 네 아이들은 눈이 검고, 강건한 작은 부랑자들이었지만, 이 아이는 마르고 매우 하얗습니다. 그녀의 머리카락은 가장 밝은 살아있는 금빛이었고, 초라한 옷차림에도 불구하고 머리에 구별의 왕관을 씌운 듯했어요. 그녀의 이마는 맑고 넓었으며, 푸른 눈은 구름이 없었고, 그녀의 입술과 얼굴의 조형은 감수성과 달콤함을 너무나 잘 표현하여, 누구도 그녀를 다른 종, 하늘이 보낸 존재로, 모든 특징에 천상의 인장을 지닌 존재로 보지 않고는 바라볼 수 없었습니다.

농부의 아내는 저의 어머니가 이 사랑스러운

소녀에게 놀라움과 감탄의 시선을 고정하는 것을
인지하고, 열심히 그녀의 역사를 전달했습니다.
그녀는 자신의 아이가 아니라 밀라노 귀족의
딸이었습니다. 그녀의 어머니는 독일인이었고,
그녀를 낳다가 사망했어요. 그 아기는 이 착한
사람들에게 젖을 먹이기 위해 맡겨졌죠. 그때는
형편이 더 나았습니다. 그들은 결혼한 지 오래되지
않았고, 맏이는 갓 태어난 상태였습니다. 그들이
돌보는 아이의 아버지는 이탈리아의 고대 영광을
기억하며 성장한 이탈리아인 중 한 명이었습니다
— schiavi ognor frementi (영원히 떨리는 노예들)
중 한 명이었는데, 자신의 나라의 자유를 얻기 위해
노력했어요. 그는 그 나라의 약점의 희생자가
되었죠. 그가 사망했는지 아니면 여전히
오스트리아의 감옥에서 신음하고 있는지는

알려지지 않았습니다. 그의 재산은 몰수되었고, 그의 아이는 고아이자 거지가 되었어요. 그녀는 양부모와 함께 계속 지냈으며, 어두운 잎을 가진 덤불 사이의 정원 장미보다 더 아름답게 그들의 거친 거처에서 피어났습니다.

저의 아버지가 밀라노에서 돌아왔을 때, 그는 천사가 그려진 그림보다 더 아름다운 아이 — 그녀의 눈빛에서 광채를 발산하는 듯했고, 그녀의 몸매와 움직임이 언덕의 샤모아보다 더 가벼운 피조물 — 가 저와 함께 우리 별장의 홀에서 놀고 있는 것을 발견했어요. 그 환영은 곧 설명되었습니다. 아버지의 허락을 받아 저의 어머니는 그녀의 시골 보호자들이 그들의 보살핌을 어머니에게 양도하도록 설득하는 데 성공했습니다. 그들은 그 사랑스러운 고아를 아꼈어요. 그녀의 존재는 그들에게 축복처럼 보였지만, 섭리가 그녀에게 그토록 강력한 보호를 제공했을 때, 그녀를 가난과 궁핍 속에 붙잡아 두는 것은 그녀에게 불공평하다고 생각했죠. 그들은 마을 사제와 상의했고, 그 결과 엘리자베스 라벤자는 저의 부모님 댁의 식구—저의 누이 이상의 존재—저의 모든 활동과 즐거움의 아름답고 숭배받는 동반자가 되었습니다.

모두가 엘리자베스를 사랑했습니다. 모두가 그녀를 바라보던 열정적이고 거의 숭배에 가까운 애착은, 제가 그것을 공유하는 동안, 저의 자랑이자 저의 기쁨이 되었죠. 그녀가 저희 집에 오기 전날 저녁, 저의 어머니는 장난스럽게 말씀하셨습니다. "나의 빅터에게 예쁜 선물이 있어—내일 그 아이가 그것을 가질 거야." 그리고 다음 날, 그녀가 약속된 선물로 엘리자베스를 저에게 선사했을 때, 저는 어린아이 같은 진지함으로 그녀의 말을 문자 그대로 해석하고 엘리자베스를 저의 것 — 보호하고, 사랑하고, 소중히 여겨야 할 저의 것 — 으로 여겼어요. 그녀에게 주어진 모든 칭찬은 저는 저 자신의 소유에게 주어진 것으로 받아들였습니다. 우리는 서로를 사촌이라는 이름으로 친숙하게 불렀죠. 어떤 말, 어떤 표현도 그녀가 저에게 서 있던 관계의 종류—저의 누이 이상의 존재—죽을 때까지 그녀는 오직 저의 것이어야 했으므로—를 구체화할 수 없었습니다.

2

 우리는 함께 자랐어요. 나이 차이는 거의 일 년밖에 나지 않았습니다. 우리가 어떤 종류의 불화나 다툼과도 무관했다는 것은 말할 필요도 없겠죠. 조화가 우리 동행의 영혼이었으며, 우리 성격에 존재했던 다양성과 대조는 우리를 더욱 가깝게 만들었습니다.

 엘리자베스는 더 차분하고 집중된 기질이었지만, 저는 저의 모든 열의로 더 강렬한 몰두가 가능했고, 지식에 대한 갈증에 더 깊이 사로잡혔죠. 그녀는 시인들의 공상적인 창조물을 따르는 것에 몰두했고, 우리의 스위스 집을 둘러싼 장엄하고 경이로운 장면들—산의 숭고한 형태, 계절의 변화, 폭풍과 고요, 겨울의 침묵 그리고 우리의 알프스 여름의 생명과 격동—속에서 감탄과 기쁨을 위한 충분한 범위를 발견했습니다. 저의 동반자가 사물의 장엄한 모습을 진지하고 만족스러운 정신으로 응시하는 동안, 저는 그것들의 원인을 탐구하는 것을 즐겼어요. 세상은 저에게 헤아리고 싶은 비밀이었습니다. 호기심, 자연의 숨겨진 법칙을 배우려는 간절한 탐구, 그것들이 저에게 펼쳐질 때의 황홀경에 가까운 기쁨이 제가 기억할 수 있는 가장 초기의 감각들입니다.

두 번째 아들이 태어났을 때, 저보다 일곱 살

아래인 그 아이의 탄생을 계기로 저의 부모님은 방랑 생활을 완전히 포기하고 그들의 고향에 정착했어요. 우리는 제네바에 집을 소유했고, 도시에서 1리그가 조금 넘는 거리에 있는 호수의 동쪽 기슭인 벨리브에 별장을 소유했죠. 우리는 주로 후자에 거주했고, 저의 부모님의 삶은 상당한 은둔 속에서 보내졌습니다. 저는 군중을 피하고 소수에게 열렬히 애착하는 성격이었어요. 따라서 저는 일반적으로 저의 학교 친구들에게 무관심했지만, 그들 중 한 명에게 가장 가까운 우정의 유대로 결합했습니다.

   헨리 클레르발은 제네바 상인의 아들이었습니다. 그는 비범한 재능과 상상력을 가진 소년이었어요. 그는 모험, 고난, 심지어 위험 자체를 좋아했죠. 그는 기사도와 로맨스 책을 깊이 읽었습니다. 그는 영웅적인 노래를 작곡했고, 마법과 기사도적인 모험에 대한 많은 이야기를 쓰기 시작했어요. 그는 우리에게 연극을 공연하게 하고, 론세스발레스의 영웅들, 아서 왕의 원탁의 기사들 그리고 성묘를 이교도들의 손에서 구원하기 위해 피를 흘린 기사도의 일행에서 인물들이 그려진 가면무도회에 참여하도록 노력했습니다.

어떤 인간도 저보다 더 행복한 어린 시절을 보낼 수 없었을 겁니다. 저의 부모님은 친절과 관대함의 바로 그 정신에 사로잡혀 있었어요. 우리는 그들이 그들의 변덕에 따라 우리의 운명을 지배하는 폭군이 아니라, 우리가 누렸던 수많은 즐거움의 창조자이자 대행자임을 느꼈죠. 제가 다른 가족들과 어울릴 때, 저는 저의 운명이 얼마나 유난히 행운인지 분명히 알았고, 감사는 자식의 사랑의 발달을 도왔습니다.

저의 성격은 때때로 격렬했고, 저의 열정은 맹렬했어요. 하지만 저의 기질 속에 있는 어떤 법칙에 의해 그것들은 어린아이 같은 추구가 아니라, 배우려는 간절한 욕구로 바뀌었죠. 그렇다고 모든 것을 무차별적으로 배우려는 것은 아니었습니다. 저는 언어의 구조나 정부의 법전도, 다양한 국가의 정치도 저에게 매력을 주지 못했다는 것을 고백합니다. 제가 배우고 싶었던 것은 하늘과 땅의 비밀이었어요. 그리고 저를 사로잡았던 것이 사물의 외적 실체이든, 자연의 내적 정신과 인간의 신비로운 영혼이든, 저의 탐구는 여전히 형이상학적 혹은 가장 높은 의미에서 세상의 물리적 비밀로 향했습니다.

한편 클레르발은 말하자면, 사물의 도덕적 관계에 몰두했어요. 삶의 분주한 무대, 영웅들의 미덕 그리고 인간의 행동이 그의 주제였고, 그의 희망과 꿈은 우리 종족의 용감하고 모험적인 은인으로서 역사에 이름이 기록된 사람들 중 하나가 되는 것이었습니다.

엘리자베스의 성스러운 영혼은 우리의 평화로운 집에서 성전에 바쳐진 등잔처럼 빛났어요. 그녀의 공감은 우리의 것이었습니다. 그녀의 미소, 그녀의 부드러운 목소리, 그녀의 천상의 눈의 달콤한 시선은 항상 우리를 축복하고 활기 있게 하기 위해 그곳에 있었죠. 그녀는 누그러뜨리고 끌어당기는 사랑의 살아있는 정신이었습니다. 저는 저의 연구 속에서 시무룩해지거나, 저의 본성의 열의로 인해 거칠어질 수도 있었지만, 그녀가 저를 자신의

온화함과 비슷한 모습으로 제압하기 위해 거기에
있었어요. 그리고 클레르발—클레르발의 고귀한
정신에 어떤 악이 침범할 수 있었을까요? 하지만
그녀가 그에게 자비의 진정한 사랑스러움을 펼쳐
보이지 않았다면, 그리고 선을 행하는 것을 그의
솟아오르는 야망의 목표와 목적으로 만들지
않았다면, 그는 그토록 완벽하게 인간적이고,
그토록 사려 깊은 관대함을 보이며, 모험적인
위업에 대한 열정 속에서 그토록 친절하고
다정함으로 가득 차 있지 않았을 겁니다.
(클레르발, 이 친구 완전 육각형 인간이죠!)

저는 불행이 저의 마음을 오염시키고, 광범위한
유용성에 대한 밝은 비전을 자기 자신에 대한
음울하고 좁은 성찰로 바꾸기 이전의 어린 시절의
기억에 머무르는 것에서 절묘한 즐거움을

느낍니다. 게다가, 저의 어린 시절의 그림을 그리는 동안, 저는 무감각한 단계를 통해 저의 후일의 비참한 이야기로 이어진 그 사건들도 기록하고 있어요. 왜냐하면 나중에 저의 운명을 지배했던 그 열정의 탄생을 스스로에게 설명하려고 할 때, 저는 그것이 산천의 강처럼 천하고 거의 잊혀진 근원에서 솟아나지만, 진행하면서 점점 불어나, 그 경로에서 저의 모든 희망과 기쁨을 휩쓸어 간 급류가 되었다는 것을 발견하기 때문입니다.

자연 철학은 저의 운명을 규제해 온 천재입니다. 따라서 저는 이 서술에서 제가 그 과학에 대한 편애를 갖게 된 그 사실들을 진술하고자 해요. 제가 열세 살이었을 때, 우리는 모두 토농 근처의 온천으로 즐거운 여행을 갔습니다. 날씨가 안 좋아서 우리는 하루 동안 여관에 갇혀 있어야 했죠.

이 집에서 저는 우연히 코르넬리우스 아그리파의 저서 한 권을 발견했습니다. 저는 무관심하게 그것을 펼쳤어요. 그가 입증하려 시도하는 이론과 그가 이야기하는 경이로운 사실들이 이 감정을 곧 열정으로 바꾸었죠. 새로운 빛이 저의 마음에 비추는 듯했고, 기쁨으로 뛰어오르며, 저는 저의 발견을 아버지에게 알렸습니다.

저의 아버지는 무심히 저의 책의 제목 페이지를 보시고 말씀하셨습니다.

"아! 코르넬리우스 아그리파! 나의 사랑하는 빅터, 이것에 시간을 낭비하지 마라. 이것은 슬픈 쓰레기다."

만약 이 발언 대신, 저의 아버지가 수고를 들여 저에게 아그리파의 원리들이 완전히 논파되었고, 현대의 과학 체계가 도입되었으며, 후자의 힘은

공상적이었던 반면 전자의 힘은 실제적이고
실용적이었기 때문에 옛것보다 훨씬 더 큰 힘을
소유하고 있다는 것을 설명해 주셨다면, 그러한
상황에서 저는 확실히 아그리파를 옆으로
치워두고, 더 큰 열정으로 저의 이전 연구로 돌아가
따뜻해진 저의 상상력을 만족시켰을 거예요.
심지어 저의 생각의 흐름이 저를 파멸로 이끈 그
치명적인 충동을 결코 받지 않았을 가능성도
있습니다. 하지만 아버지가 저의 책을 대충 훑어본
것만으로는 그 분이 그 내용을 알고 있다는 것을
전혀 확신시켜 주지 못했고, 저는 가장 탐욕스럽게
계속 읽었습니다.

  제가 집으로 돌아왔을 때 저의 첫 번째 임무는
이 저자의 전체 저작을 구하는 것이었고, 그 후에는
파라켈수스와 알베르투스 마그누스의 저작을

구하는 것이었습니다. 저는 이 작가들의 야성적인 공상들을 즐겁게 읽고 연구했어요. 그것들은 저 외에는 거의 알려지지 않은 보물처럼 저에게 보였죠. 저는 자연의 비밀을 탐구하려는 열렬한 갈망을 항상 품고 있었다고 스스로를 묘사했습니다. 현대 철학자들의 강렬한 노력과 놀라운 발견에도 불구하고, 저는 항상 저의 연구에서 불만족스럽고 불충분한 채로 돌아왔어요. 아이작 뉴턴 경은 진리라는 크고 미개척된 바다 옆에서 조개껍데기를 줍는 아이처럼 느꼈다고 인정했다고 합니다. 제가 알고 지내던 자연 철학의 각 분야에서 그의 후계자들은 저의 소년다운 이해로는 같은 추구에 종사하는 풋내기들처럼 보였죠.

교육받지 못한 농부는 자신을 둘러싼 원소들을

바라보았고, 그것들의 실용적인 사용을 알고 있었습니다. 가장 학식 있는 철학자도 그보다 조금 더 아는 것 외에는 없었어요. 그는 부분적으로 자연의 얼굴을 드러냈지만, 그녀의 불멸의 윤곽은 여전히 경이이자 신비였습니다. 그는 해부하고, 분석하고, 이름을 붙일 수는 있었지만, 궁극적인 원인은 말할 것도 없고, 2차적이고 3차적인 원인들조차 그에게는 완전히 알려지지 않았죠. 저는 인간이 자연의 성채로 들어가는 것을 막는 듯했던 요새와 장애물들을 응시했고, 경솔하고 무지하게 불평했었습니다.

하지만 여기에 책들이 있었고, 여기에 더 깊이 탐구하고 더 많이 아는 사람들이 있었습니다. 저는 그들이 단언하는 모든 것에 대해 그들의 말을 받아들였고, 그들의 제자가 되었죠. 18세기에 그러한 일이 발생했다는 것이 이상하게 보일지 모르지만, 제가 제네바의 학교에서 교육의 일상을 따르는 동안, 제가 좋아하는 연구에 관해서는 상당 부분 스스로 배웠습니다. 저의 아버지는 과학적이지 않았고, 저는 학생의 지식에 대한 갈증이 더해진 아이의 맹목성과 싸우도록 남겨졌어요. 저의 새로운 스승들의 지도 아래, 저는 가장 큰 근면함으로 현자의 돌과 생명의 영약의 탐색에 착수했습니다. 하지만 후자가 곧 저의 모든 관심을 차지했죠. 부는 열등한 목표였지만, 만약 제가 인간의 몸에서 질병을 추방하고, 폭력적인 죽음 외에는 인간을 불멸로 만들 수 있다면 그 발견에 어떤 영광이 따를 것인가!

이것들만이 저의 유일한 비전은 아니었습니다. 유령이나 악마를 불러내는 것은 제가 가장 좋아하는 저자들이 아낌없이 약속한 것이었고, 저는 그 성취를 가장 열렬히 추구했습니다. 그리고 저의 주문이 항상 성공하지 못했다면, 저는 그 실패를 저의 스승들의 기술이나 성실성의 부족보다는 저 자신의 미숙함과 실수에 돌렸습니다.

그리고 이렇게 한동안 저는 논파된 체계들에 몰두했고, 미숙련자처럼 수천 가지 모순된 이론들을 섞고, 열렬한 상상력과 아이 같은 추론에 이끌려 다방면의 지식이라는 진창 속에서 필사적으로 허우적거렸죠.(스불재였을지도요.) 그러다가 하나의 사고가 다시 저의 생각의 흐름을 바꾸었습니다.

제가 열다섯 살쯤 되었을 때, 우리는 벨리브 근처의 우리 집으로 물러나 있었는데, 그때 우리는 가장 격렬하고 끔찍한 천둥 번개를 목격했어요. 그것은 쥐라 산맥 뒤에서 다가왔고, 천둥은 하늘의 여러 방향에서 무섭게 큰 소리로 동시에 터져 나왔습니다. 저는 폭풍이 지속되는 동안 호기심과 즐거움으로 그 진행을 지켜보았죠. 제가 문에 서 있을 때, 갑자기 우리 집에서 약 20야드 떨어진 곳에 서 있던 오래되고 아름다운 오크나무에서 불빛이 뿜어져 나오는 것을 보았습니다. 그리고 그 눈부신 빛이 사라지자마자, 그 오크나무는 사라졌고, 그을린 그루터기만 남았어요. 다음 날 아침 우리가 그곳을 방문했을 때, 우리는 그 나무가 특이한 방식으로 산산조각 난 것을 발견했습니다. 그것은 충격으로 쪼개진 것이 아니라, 얇은 나무 리본으로 완전히 축소되었죠. 저는 이토록 완전히 파괴된 것을 결코 본 적이 없었습니다.

이전에 저는 전기의 더 분명한 법칙들에 익숙했습니다. 이 사건이 일어났을 때 자연 철학에서 위대한 연구를 하는 한 남자가 우리와 함께 있었고, 이 대재앙에 흥분하여, 그는 전기와 갈바니즘에 대해 자신이 형성한 이론에 대한 설명을 시작했습니다. 그것은 저에게 새로우면서도 놀라운 것이었습니다. 그가 말한 모든 것은 저의 상상력의 주인이었던 코르넬리우스 아그리파, 알베르투스 마그누스, 그리고 파라켈수스를 크게 그늘지게 했죠.

 하지만 어떤 숙명 때문에 이 사람들의 몰락은 저를 평소의 연구를 추구하는 것을 꺼리게 만들었습니다. 저에게는 아무것도 알려지지 않을 것 같거나 결코 알려질 수 없을 것 같았어요. 그토록 오랫동안 저의 관심을 사로잡았던 모든 것이 갑자기 경멸스러워졌습니다. 우리가 아마도 가장 쉽게 빠지는 마음의 변덕 중 하나로 인해, 저는 즉시 저의 이전 활동을 포기하고, 자연사와 그 모든 자손을 기형적이고 미숙한 창조물로 치부했으며, 진정한 지식의 문턱조차 넘을 수 없는 사이비 과학에 대해 가장 큰 경멸을 품었습니다. 이러한 마음 상태에서 저는 수학과 그 과학에 부수되는 연구 분야가 확고한 토대 위에 세워졌고, 그래서 저의 고려를 받을 가치가 있다고 여겨 그것들에 몰두했습니다.

우리의 영혼은 이렇게 이상하게 구성되어 있고, 우리는 이런 사소한 끈에 의해 번영이나 파멸에 묶여 있습니다. 제가 되돌아볼 때, 이러한 거의 기적적인 성향과 의지의 변화가 저의 삶의 수호천사의 즉각적인 제안—바로 그때 별들 위에 걸려 저를 감싸려 했던 폭풍을 피하기 위해 보존의 정신이 가한 마지막 노력—이었던 것 같아요. 그녀의 승리는 저의 오래된 것이자 최근에는 고통을 주던 연구들을 포기한 후 뒤따른 평소와 다른 평온함과 영혼의 기쁨으로 선언되었습니다. 이러한 방식으로 저는 그 연구의 추구와 악을, 그것들을 무시하는 것과 행복을 연관시키도록 가르침을 받아야 했습니다.

그것은 선의 정신의 강력한 노력이었지만, 효과는 없었습니다. 운명은 너무나 강력했고, 그녀의 불변의 법칙은 저의 완전하고 끔찍한 파멸을 선고했죠.

3

 제가 열일곱 살이 되었을 때, 저의 부모님은 제가 잉골슈타트 대학의 학생이 되어야 한다고 결심했습니다. 저는 지금까지 제네바의 학교에 다녔지만, 저의 아버지는 저의 교육을 완성하기 위해 제가 저의 고향의 관습 외에 다른 관습에 익숙해질 필요가 있다고 생각하셨어요. 따라서 저의 출발은 이른 날짜로 정해졌지만, 결정된 날이 도착하기 전에, 저의 삶의 첫 번째 불행이 발생했습니다—말하자면, 저의 미래의 비참함의 징조처럼.

엘리자베스가 성홍열에 걸렸어요. 그녀의 병은 심각했고, 그녀는 가장 큰 위험에 처해 있었습니다. 그녀의 병을 앓는 동안 저의 어머니에게 그녀를 간호하는 것을 삼가도록 설득하기 위해 많은 주장이 제기되었습니다. 어머니는 처음에는 우리의 간청에 굴복했지만, 그녀가 가장 아끼는 이의 생명이 위협받고 있다는 것을 들었을 때, 그녀는 더 이상 자신의 불안을 통제할 수 없었습니다. 그녀는 병상을 간호했어요. 어머니의 밤샘 간호는 병의 악성을 이겨냈습니다 ― 엘리자베스는 구원받았지만, 이 경솔함의 결과는 그녀의 구원자에게 치명적이었습니다.

사흘째 되는 날 저의 어머니가 앓기 시작했어요. 그녀의 열병은 가장 놀라운 증상들을 동반했고,

그녀의 의료진의 표정은 최악의 결과를
예언했습니다. 그녀의 임종에서 이 가장 훌륭한
여성의 굳건함과 자비는 그녀를 버리지 않았죠.
그녀는 엘리자베스와 저의 손을 잡아주셨습니다.
"나의 아이들아," 그녀가 말했습니다. "나의 미래
행복에 대한 가장 확고한 희망은 너희들의
결합이라는 전망에 놓여 있었다. 이 기대는 이제
너희 아버지의 위안이 될 것이다. 엘리자베스, 나의
사랑, 너는 나의 어린 아이들에게 나의 자리를
대신해야 한다. 아아! 너희에게서 떠나게 된 것을
후회한다. 그리고 내가 행복하고 사랑받았지만,
너희 모두를 떠나는 것이 힘들지 않으냐? 하지만
이것들은 나에게 합당한 생각이 아니다. 나는
쾌활하게 죽음에 순응하려 노력할 것이고, 다른
세상에서 너희를 만날 희망을 품을 것이다."

그녀는 고요하게 사망했고, 그녀의 얼굴은 죽음 속에서도 애정을 표현했습니다. 저는 가장 소중한 유대가 그 가장 돌이킬 수 없는 악—영혼에 나타나는 공허함과 얼굴에 표현되는 절망—에 의해 찢겨진 사람들의 감정을 묘사할 필요는 없습니다. 우리가 매일 보았고, 그 존재 자체가 우리 자신의 일부처럼 보였던 그녀가 영원히 떠날 수 있다는 것을—사랑하는 눈의 밝음이 꺼졌을 수 있고, 귀에 너무나 익숙하고 소중한 목소리가 다시는 들리지 않을 침묵에 잠겼을 수 있다는 것을—마음이 스스로 설득하기까지는 너무나 오랜 시간이 걸리죠. 이것들은 첫날의 성찰입니다. 하지만 시간의 흐름이 그 악의 현실을 증명할 때, 그때 슬픔의 실제 쓰라림이 시작됩니다. 그런데 어떤 사람에게서 그 거친 손이 소중한 인연을 빼앗아 가지 않았겠어요? 그리고 모두가 느꼈고, 느껴야만 하는 슬픔을 제가 왜 묘사해야 합니까? 마침내 슬픔이 필요성이라기보다는 방종이 되는 때가 도착합니다. 그리고 입술에 감도는 미소는, 비록 신성 모독으로 여겨질 수 있을지라도, 추방되지 않습니다. 저의 어머니는 죽었지만, 우리에게는 여전히 수행해야 할 의무가 있었습니다. 우리는 나머지 사람들과 함께 우리의 항로를 계속해야 했고, 약탈자가 붙잡지 않은 한 사람이 남아 있는 동안 스스로를 행운아라고 생각하는 것을 배워야 했죠.

이러한 사건들로 인해 연기되었던 저의 잉골슈타트로의 출발이 이제 다시 결정되었습니다. 저는 아버지로부터 몇 주의 유예를 얻었어요. 애도하는 집의 죽음에 가까운 평온을 너무 빨리 떠나 삶의 한복판으로 돌진하는 것이 저에게는 신성 모독처럼 보였습니다. 저는 슬픔에 익숙하지 않았지만, 그것은 저를 덜 불안하게 만들지 않았죠. 저는 저에게 남아 있는 사람들의 시야를 떠나고 싶지 않았고, 무엇보다도 사랑스러운 엘리자베스가 어느 정도 위안을 얻는 것을 보고 싶었습니다.

사실 그녀는 자신의 슬픔을 감추었고, 우리 모두에게 위로자의 역할을 하려 애썼어요. 그녀는 삶을 확고하게 응시했고, 용기와 열의로 그 의무들을 수행했습니다. 그녀는 자신이 삼촌과 사촌이라고 부르도록 가르침받은 사람들에게 헌신했죠. 그녀가 자신의 미소의 햇살을 되찾아 우리에게 쏟아부었을 때, 이때보다 더 매혹적이었던 적은 없습니다. 그녀는 우리를 잊게 하려는 노력 속에서 자신의 아쉬움조차 잊었죠.

마침내 저의 출발 날이 도착했습니다.
클레르발이 마지막 저녁을 우리와 함께 보냈어요.
그는 아버지에게 자신도 저와 동행하여 동료
학생이 되도록 허락해 달라고 설득하려 했지만,
헛수고였습니다. 그의 아버지는 편협한
상인이었고, 아들의 열망과 야망에서 게으름과
파멸만을 보았죠. 헨리는 자유로운 교육을
금지당한 불행을 깊이 느꼈습니다. 그는 말을 거의
하지 않았지만, 말할 때 저는 그의 타오르는 눈과
활기찬 시선에서 억제되었지만 확고한
결심—상업의 비참한 세부 사항에 사슬로 묶이지
않겠다는 결심—을 읽었어요.

우리는 늦게까지 앉아 있었습니다. 우리는
서로에게서 떨어질 수 없었고, "잘 가!"라는 말을

차마 할 수 없었어요. 그 말은 결국 나왔고, 우리는 휴식을 취하는 척하며 물러났는데, 서로가 상대방을 속였다고 상상했습니다. 하지만 아침 새벽에 저를 데려갈 마차로 제가 내려갔을 때, 그들 모두가 거기에 있었습니다—저의 아버지는 다시 저를 축복해 주셨고, 클레르발은 다시 한번 저의 손을 꽉 쥐었고, 저의 엘리자베스는 자주 편지를 써 달라는 간청을 갱신하고, 자신의 놀이 친구이자 친구에게 마지막 여성적인 배려를 베풀어 주었죠. (엘리자베스의 배려와 클레르발의 찐 우정, 진짜 폼 미쳤다!)

저는 저를 데려갈 마차에 몸을 던지고 가장 우울한 성찰에 잠겼습니다. 저는 항상 사랑스러운 동반자들에게 둘러싸여 있었고, 끊임없이 서로에게 즐거움을 베풀기 위해 노력했던 저였는데—이제 혼자였습니다. 제가 가고 있는 대학에서 저는 스스로 친구를 사귀고 스스로를 보호해야만 했죠. 저의 삶은 지금까지 놀랍도록 은둔적이고 가정적이었고, 이것이 저에게 새로운 얼굴들에 대한 극복할 수 없는 반감을 주었습니다. 저는 저의 형제들, 엘리자베스, 그리고 클레르발을 사랑했어요. 이들은 "오래되고 익숙한 얼굴들"이었지만, 저는 낯선 사람들의 동행에 완전히 부적합하다고 스스로를 믿었습니다.

제가 여행을 시작했을 때 저의 성찰이 그러했어요. 하지만 진행하면서 저의 정신과 희망은 솟아올랐습니다. 저는 지식의 획득을 열렬히 바랐습니다. 저는 집에 있을 때 젊은 시절에 한 곳에 갇혀 있는 것이 힘들다고 자주 생각했고, 세상으로 들어가 다른 인간들 사이에서 저의 자리를 차지하기를 열망했었습니다. 이제 저의 소망은 응해졌고, 후회하는 것은 정말로 어리석은 일이었을 거예요.

잉골슈타트로의 여행은 길고 피곤했기 때문에, 저는 이러한 성찰과 많은 다른 성찰을 할 충분한 여가가 있었습니다. 마침내 마을의 높은 흰 첨탑이 저의 눈에 들어왔죠. 저는 내려서 혼자 원하는 대로 저녁을 보낼 저의 고독한 아파트로 안내되었습니다.

다음 날 아침, 저는 소개 편지들을 전달하고 주요 교수들 몇 분을 방문했어요. 우연―혹은 오히려 저의 아버지의 문에서 저의 마지못한 발걸음을 돌린 순간부터 저에게 전능한 지배력을 주장한 파멸의 천사, 그 악한 영향―이 저를 먼저 자연철학 교수인 크렘페 씨에게 이끌었습니다. 그는 거칠고 무뚝뚝한 사람이었지만, 자신의 과학의 비밀에 깊이 물들어 있었습니다. 그는 저에게 자연 철학에 부수되는 과학의 다른 분야에서 저의 진척에 대해 여러 질문을 했습니다. 저는 무관심하게, 그리고 부분적으로 경멸하며, 제가 연구했던 주요 저자로 저의 연금술사들의 이름을 언급했습니다.

교수는 뚫어지게 바라보았습니다.

"당신은 정말로 그런 헛소리를 연구하는 데 시간을 썼단 말입니까?"

저는 긍정적으로 대답했습니다.

"당신이 그 책들에 낭비한 매 순간, 매 순간이 완전히, 그리고 전적으로 손실입니다," 크렘페 씨가 격앙되어 계속했습니다. "당신은 논파된 체계와 쓸모없는 이름으로 당신의 기억을 부담지웠습니다. 맙소사! 아무도 당신이 그토록 탐욕스럽게 흡수한 이러한 공상들이 천 년이나 되었고, 오래된 만큼 곰팡내가 난다는 것을 친절하게 알려주지 않은 어떤 사막 같은 땅에서 살았습니까? 이 깨우치고 과학적인 시대에 알베르투스 마그누스와 파라켈수스의 제자를 발견하리라고는 거의 예상하지 못했습니다. 나의 친애하는 선생님, 당신은 당신의 연구를 완전히 새로 시작해야 합니다." (빅터, 당신 고답이 소리 들을 뻔한 거 킹받네!)

그렇게 말하며, 그는 옆으로 비켜서서 자연 철학을 다루는 몇 권의 책 목록을 적었고, 저에게 그것들을 구하도록 바랐습니다. 그리고 다음 주 초에 자신이 일반적인 관계에서의 자연 철학에 대한 강의 과정을 시작할 의도이고, 동료 교수인 발트만 씨가 자신이 빼먹는 격일로 화학에 대해 강의할 것이라고 언급한 후 저를 보냈습니다.

저는 실망하지 않고 집으로 돌아왔어요. 왜냐하면 저는 교수가 비난한 그 저자들이 쓸모없다고 오랫동안 생각해 왔기 때문입니다. 하지만 저는 어떤 형태로든 이러한 연구로 다시 돌아갈 경향은 전혀 가지지 않고 돌아왔죠. 크렘페 씨는 거친 목소리와 혐오스러운 용모를 가진 작고 땅딸막한 남자였습니다. 따라서 선생님은 그의 학문에 대한 호감을 저에게 미리 심어주지 못했습니다.

아마도 너무나 철학적이고 연관된 논조로, 저는 저의 초기 시절에 그것들에 대해 도달했던 결론에 대한 설명을 제시했습니다. 아이로서 저는 현대 자연 과학 교수들이 약속한 결과에 만족하지 못했어요. 저의 극심한 젊음과 이러한 문제에 대한 안내자의 부재로 설명될 수 있는 생각의 혼란으로, 저는 시간의 경로를 따라 지식의 단계를 되밟았고, 최근 탐구자들의 발견을 잊혀진 연금술사들의 꿈과 교환했습니다. 게다가, 저는 현대 자연 철학의 용도에 대한 경멸을 가지고 있었어요. 과학의 대가들이 불멸과 힘을 추구했을 때는 아주 달랐습니다. 그러한 견해들은 비록 헛되었지만, 웅장했습니다. 하지만 이제 장면은 바뀌었죠. 탐구자의 야망은 저의 과학에 대한 관심이 주로 기반을 두었던 그 비전들을 소멸시키는 것으로 스스로를 제한하는 듯했습니다. 저는 무한한 웅장함의 공상을 거의 가치 없는 현실과 교환하도록 요구받았어요.

 이러한 것들이 저의 잉골슈타트 거주 첫 이틀

또는 사흘 동안의 저의 성찰이었습니다. 이 기간은 주로 저의 새로운 거처의 장소와 주요 거주자들과 친해지는 것에 소비되었죠. 하지만 다음 주가 시작되면서, 저는 크렘페 씨가 강의에 대해 저에게 제공한 정보를 생각했습니다. 그리고 그 작은 자만심이 강한 친구가 강단에서 문장을 전달하는 것을 가서 들을 수는 없었지만, 저는 아직 만나보지 못한 발트만 씨에 대해 그가 말했던 것을 기억했습니다. 그는 지금까지 도시에 없었기 때문이죠.

부분적으로는 호기심 때문이었고, 부분적으로는 게으름 때문에, 저는 발트만 씨가 곧 들어선 강의실로 갔습니다. 이 교수는 그의 동료와는 매우 달랐어요. 그는 약 쉰 살 정도로 보였지만, 가장 큰 자비를 표현하는 모습이었습니다. 몇 가닥의 흰 머리카락이 그의 관자놀이를 덮었지만, 그의 머리 뒤쪽의 머리카락은 거의 검은색이었죠. 그의 몸집은 작았지만 놀라울 정도로 곧았고, 그의 목소리는 저가 지금까지 들어본 것 중 가장 달콤했습니다.

그는 화학의 역사와 다양한 학식 있는 사람들이 이룬 다양한 개선을 요약하는 것으로 자신의 강의를 시작했고, 가장 저명한 발견자들의 이름을 열렬히 발음했습니다. 그는 그러고 나서 과학의 현재 상태를 대충 훑어보고 그것의 많은 기초적인 용어들을 설명했죠. 몇 가지 예비 실험을 한 후, 그는 현대 화학에 대한 찬사로 결론을 맺었는데, 그 표현들을 저는 결코 잊지 못할 겁니다.

그가 말했습니다.

"이 과학의 고대 교사들은 불가능한 것을

약속하고 아무것도 수행하지 못했습니다. 현대 대가들은 거의 약속하지 않습니다. 그들은 금속이 변성될 수 없고, 생명의 영약이 공상이라는 것을 알고 있습니다. 하지만 이 철학자들은, 그들의 손이 단지 흙을 만지작거리는 데 만들어졌고, 그들의 눈이 현미경이나 도가니를 들여다보는 데 만들어졌지만, 정말로 기적을 수행했습니다. 그들은 자연의 은밀한 곳에 침투하여 그녀가 숨어 있는 곳에서 어떻게 작동하는지 보여줍니다. 그들은 하늘로 올라갑니다. 그들은 혈액이 어떻게 순환하는지, 그리고 우리가 호흡하는 공기의 본질을 발견했습니다. 그들은 새롭고 거의 무제한적인 힘을 획득했습니다. 그들은 하늘의 천둥을 지휘할 수 있고, 지진을 흉내낼 수 있으며, 심지어 그것 자체의 그림자로 보이지 않는 세계를 조롱할 수도 있습니다."

 그러한 것이 교수의 말이었습니다—차라리 저를 파멸시키기 위해 선포된 운명의 말이었다고 말하게 하십시오. 그가 계속할 때, 저는 저의 영혼이 손에 잡히는 적과 씨름하고 있는 것처럼 느꼈습니다. 하나씩, 저의 존재의 메커니즘을 형성하는 다양한 건반들이 터치되었죠. 화음이 울려 퍼졌고, 곧 저의 마음은 하나의 생각, 하나의 개념, 하나의 목적으로 가득 찼습니다. 많은 것이 이루어졌습니다, 프랑켄슈타인의 영혼이 외쳤습니다—더 많이, 훨씬 더 많이 저는 이룰 것입니다. 이미 표시된 단계를 밟고, 저는 새로운 길을 개척하고, 알려지지 않은 힘을 탐험하며, 창조의 가장 깊은 신비를 세상에 펼쳐 보일 것입니다. (갓생 가보자고! 이런 킹받게 멋진 목표!)

 저는 그날 밤 눈을 감지 못했어요. 저의 내면 존재는 반란과 소란의 상태에 있었습니다. 저는 그곳에서 질서가 솟아날 것이라고 느꼈지만, 그것을 만들 힘은 없었죠. 점차적으로, 아침이 밝아온 후, 잠이 왔습니다. 저는 깨어났고, 어젯밤의 생각들은 꿈과 같았어요. 저에게 남아 있는 것은 저의 오래된 연구로 돌아가, 저가 타고난 재능을 소유하고 있다고 믿는 과학에 헌신하겠다는 결심뿐이었습니다.

 같은 날, 저는 발트만 씨를 방문했습니다. 그의 사적인 태도는 공개적일 때보다 훨씬 더 온화하고 매력적이었습니다. 강의 동안 그의 태도에는 어떤 위엄이 있었는데, 그것은 자신의 집에서는 가장 큰 상냥함과 친절함으로 대체되었죠. 저는 그의 동료 교수에게 제시했던 것과 거의 같은 저의 이전 추구에 대한 설명을 그에게 제시했습니다. 그는 저의 연구에 관한 작은 이야기를 주의 깊게 들었고, 코르넬리우스 아그리파와 파라켈수스의 이름에 미소 지었습니다. 하지만 크렘페 씨가 보였던 경멸은 없었죠.

그는 말했습니다. "이들은 현대 철학자들이 자신들의 지식 기반의 대부분을 빚지고 있는 지칠 줄 모르는 열의를 가진 사람들입니다. 그들은 저희에게, 더 쉬운 과제로서, 그들이 상당 부분 밝혀내는 도구였던 사실들에 새로운 이름을 붙이고 연결된 분류로 배열하는 것을 남겼습니다. 천재적인 사람들의 노력은, 비록 잘못 인도되었더라도, 궁극적으로 인류의 확고한 이익으로 돌아가는 데 결코 실패하지 않습니다."

저는 어떤 가정이나 가식 없이 전달된 그의 진술을 경청했고, 그러고 나서 그의 강의가 현대 화학자들에 대한 저의 편견을 제거했다고 덧붙였습니다. 저는 저의 의도된 노력을 자극하는 어떤 열정도 새어 나오지 않게 하면서 (인생의 미숙함이 저를 부끄럽게 했을 겁니다) 젊은이가 자신의 선생에게 마땅히 표해야 할 겸손과 존경을 가지고 절제된 용어로 스스로를 표현했습니다. 저는 구해야 할 책에 관한 그의 조언을 요청했죠.

발트만 씨가 말했습니다.

"저는 제자를 얻게 되어 기쁩니다. 그리고 당신의 노력이 당신의 능력과 같다면, 당신의 성공을 의심하지 않습니다. 화학은 가장 큰 개선이 이루어졌고 이루어질 수 있는 자연 철학의 분야입니다. 그것이 저가 그것을 저의 특별한 연구로 삼은 이유입니다. 하지만 동시에, 저는 과학의 다른 분야를 소홀히 하지 않았습니다. 사람은 인간 지식의 그 분야에만 주의를 기울인다면 매우 형편없는 화학자가 될 것입니다. 만약 당신의 소망이 단순한 하찮은 실험가가 아니라 진정한 과학자가 되는 것이라면, 저는 수학을 포함하여 자연 철학의 모든 분야에 응용할 것을 조언합니다."

그는 그러고 나서 저를 자신의 실험실로 데려가 자신의 다양한 기계의 용도를 설명하고, 저가 무엇을 구해야 하는지 가르쳐 주셨고, 저가 그들의 메커니즘을 혼란시키지 않을 만큼 과학에서 충분히 발전했을 때 자신의 기계를 사용할 것을 약속했습니다. 그는 또한 저가 요청했던 책 목록을 저에게 주셨고, 저는 작별 인사를 했죠.

이렇게 저에게 기억할 만한 하루가 끝났습니다.
그것은 저의 미래 운명을 결정했어요.

4

 이날부터 자연 철학, 그리고 특히 그 용어의 가장 포괄적인 의미에서의 화학이 저의 거의 유일한 과업이 되었어요. 저는 현대 탐구자들이 이 주제들에 대해 쓴, 재능과 분별력으로 가득 찬 저서들을 열렬히 읽었죠. 저는 강의에 참석했고, 대학의 과학자들과 친분을 쌓았습니다. 크렘페 씨는 혐오스러운 용모와 태도를 가지고 있었지만, 저는 그에게서도 가치가 덜하지 않은 건전한 분별력과 진정한 정보를 많이 발견했어요.

발트만 씨에게서는 저는 진정한 친구를 발견했죠. 그의 온화함은 교조주의로 물들지 않았고, 그의 가르침은 모든 현학적인 생각을 몰아내는 솔직함과 선량함의 기풍으로 주어졌습니다. 그는 수많은 방식으로 저에게 지식의 길을 평탄하게 했고, 가장 난해한 탐구도 저의 이해에 명확하고 용이하게 만들었어요.

저의 몰두는 처음에는 요동치고 불확실했지만, 진행하면서 힘을 얻었고, 곧 너무나 열렬하고 간절해져서, 제가 여전히 실험실에 몰두해 있는 동안 별들은 종종 아침의 빛 속으로 사라지곤 했습니다.

제가 그토록 면밀히 몰두했기 때문에, 저의 진척이 빨랐다는 것은 쉽게 짐작할 수 있습니다. 저의 열의는 실로 학생들의 놀라움이었고, 저의 숙련도는 선생님들의 놀라움이었습니다. 크렘페 교수는 종종 교활한 미소와 함께 코르넬리우스 아그리파가 어떻게 지내는지 물었고, 발트만 씨는 저의 진척에 가장 진심 어린 환호를 표현했어요.

  2년이 이런 식으로 흘렀는데, 이 기간 동안 저는 제네바를 방문하지 않았고, 제가 이루기를 희망했던 어떤 발견을 추구하는 데 온 마음과 영혼을 바쳤습니다. 그것들을 경험해 본 사람들만이 과학의 유혹을 상상할 수 있죠. 다른 연구에서는 다른 사람들이 이전에 간 곳까지 가고, 더 이상 알 것이 없어요. 하지만 과학적인 추구에는 발견과 경이를 위한 끊임없는 양식이 있습니다. 하나의 연구를 면밀히 추구하는 보통 능력의 마음은 틀림없이 그 연구에서 큰 숙련도에 도달할 거예요. 그리고 하나의 추구 대상을 끊임없이 찾고,

오직 이것에 몰두했던 저는 너무나 빠르게 발전하여, 2년이 끝날 무렵 화학 기구의 개선에서 몇 가지 발견을 했고, 이는 대학에서 저에게 큰 존경과 감탄을 안겨주었습니다.

제가 이 지점에 도달했을 때, 그리고 잉골슈타트의 어떤 교수의 가르침에 달려 있는 이론과 실제 자연 철학에 익숙해졌을 때, 저의 그곳 거주가 더 이상 저의 발전에 도움이 되지 않는다고 생각하여 친구들과 저의 고향으로 돌아갈 것을 생각했어요. 그때 저의 체류를 연장시킨 하나의 사건이 발생했습니다.

제가 특히 주의를 끌었던 현상 중 하나는 인간의 구조, 그리고 실제로 생명이 부여된 모든 동물이었습니다. 저는 종종 스스로에게 물었습니다.

"생명의 원리는 어디서 오는가?"

그것은 대담한 질문이었고, 항상 신비로 간주되어 온 것이었습니다. 그런데도 겁이나 부주의가 우리의 탐구를 억제하지 않았다면, 우리가 얼마나 많은 것과 알게 될 벼랑 끝에 있는지요. 저는 이러한 상황들을 마음 속에서 숙고했고, 그때부터 생리학과 관련된 자연 철학의 분야에 더 특별히 몰두하기로 결심했습니다.

제가 거의 초자연적인 열정으로 활기를 얻지 않았다면, 이 연구에 몰두하는 것은 지루하고 거의 참을 수 없는 일이었을 겁니다. 생명의 원인을 조사하기 위해, 우리는 먼저 죽음에 의지해야 합니다. 저는 해부학이라는 과학에 익숙해졌지만, 이것으로는 충분하지 않았어요. 저는 또한 인간의 자연적인 부패와 변질을 관찰해야 했습니다.

저의 교육에서 저의 아버지는 저의 마음이 어떤 초자연적인 공포에도 인상 받지 않도록 가장 큰 예방 조치를 취했습니다. 저는 미신의 이야기에 떨거나 영혼의 환영을 두려워했던 것을 결코 기억하지 못해요. 어둠은 저의 상상력에 영향을 주지 않았고, 교회 묘지는 저에게 단지 생명이 박탈된 몸들의 보관소였습니다. 그 몸들은 아름다움과 힘의 자리였던 것에서 벌레의 먹이가 되었죠.

이제 저는 이 부패의 원인과 진행 과정을 조사하도록 이끌렸고, 며칠 밤낮을 납골당과 시체 안치소에서 보내야 했습니다. 저의 주의는 인간의 섬세한 감정에 가장 참을 수 없는 모든 대상에 고정되었어요. 저는 인간의 섬세한 형태가 어떻게 타락하고 쇠약해지는지 보았습니다. 저는 삶의 피어나는 뺨에 죽음의 부패가 뒤따르는 것을 보았습니다. 저는 삶에서 죽음으로, 그리고 죽음에서 삶으로의 변화에서 예시된 인과 관계의 모든 세부 사항을 검토하고 분석했습니다.

마침내 이러한 어둠의 한가운데에서 갑작스러운 빛이 저에게 비추었습니다.—너무나 밝고 놀라운, 그러나 너무나 단순한 빛이었습니다. 그것이 밝혀주는 전망의 광대함에 제가 어지러워지는 동안, 저는 같은 과학을 향해 탐구를 지시했던 그토록 많은 천재들 중에서 저만이 그토록 놀라운 비밀을 발견하도록 남겨졌다는 것에 놀랐습니다.

기억하십시오. 저는 광인의 환영을 기록하는 것이 아닙니다. 지금 제가 단언하는 것이 사실임은 태양이 하늘에서 빛나는 것보다 더 확실합니다. 어떤 기적이 그것을 낳았을 수도 있지만, 그 발견의 단계들은 분명하고 개연성이 있었습니다. 며칠 밤낮의 믿을 수 없는 노력과 피로 끝에, 저는 생성과 생명의 원인을 발견하는 데 성공했습니다. 아니, 그보다 더, 저는 스스로 생명 없는 물질에 활력을 부여할 능력을 갖게 되었습니다.

이 발견에서 제가 처음 경험했던 놀라움은 곧 기쁨과 황홀경으로 바뀌었습니다. 고통스러운 노동에 그토록 많은 시간을 보낸 후, 단번에 저의 욕망의 정상에 도달한 것은 저의 노고의 가장 만족스러운 완성이었습니다. 하지만 이 발견은 너무나 크고 압도적이어서, 저를 점진적으로 그것으로 이끌었던 모든 단계들이 지워졌고, 저는 오직 결과만을 보았습니다. 세상이 창조된 이래 가장 현명한 사람들의 연구이자 소망이었던 것이 이제 저의 손아귀에 있었습니다.

그것이 마법의 장면처럼 모든 것이 한 번에 저에게 열렸다는 것은 아닙니다. 제가 얻은 정보는 오직 하나의 어렴풋하고 겉보기에는 효과가 없는 빛의 도움으로 죽은 자들과 함께 묻혔다가 삶으로 가는 통로를 발견했던 아라비아인처럼, 저의 노력을 탐색 대상을 향해 겨누자마자 지시하는 성격이었습니다.

"친구여, 당신의 간절함과 당신의 눈이 표현하는 경이와 희망으로 보아, 당신이 제가 알고 있는 그 비밀을 알려받기를 기대하고 있다는 것을 저는 압니다."

"그것은 불가능합니다. 저의 이야기가 끝날 때까지 인내심 있게 들어 주십시오. 그러면 제가 왜 그 주제에 대해 말을 아끼는지 쉽게 인지할 것입니다. 저는 그때의 저처럼 무방비하고 열렬한 당신을 당신의 파멸과 틀림없는 비참함으로 이끌지 않을 것입니다. 저의 가르침이 아니라, 적어도 저의 예를 통해 지식의 획득이 얼마나 위험한지, 그리고 자신의 고향이 세상이라고 믿는 사람이 자신의 본성이 허용하는 것보다 더 위대해지기를 열망하는 사람보다 얼마나 더 행복한지 배우십시오."

제가 그토록 놀라운 힘이 제 손 안에 놓여 있다는 것을 발견했을 때, 저는 그것을 어떤 방식으로 사용해야 할지 오랫동안 망설였습니다. 제가 활력을 부여할 능력을 소유했지만, 모든 복잡한 섬유, 근육 그리고 정맥을 가진 그것을 받아들일 몸을 준비하는 것은 여전히 상상할 수 없는 어려움과 노동이 필요한 작업으로 남아 있었습니다. 저는 처음에는 저 자신과 같은 존재,

혹은 더 단순한 조직의 존재를 창조하려고 시도해야 할지 의심했습니다. 하지만 저의 상상력은 저의 첫 성공으로 너무나 고양되어, 인간처럼 복잡하고 경이로운 동물에게 생명을 줄 능력에 대해 의심하는 것을 허락하지 않았습니다.

  현재 저의 손안에 있는 재료는 그토록 어려운 사업에 적절해 보이지 않았지만, 저는 궁극적으로 성공할 것이라는 것을 의심하지 않았습니다. 저는 수많은 좌절에 대비했습니다. 저의 작업은 끊임없이 좌절될 수 있고, 마침내 저의 작품은 불완전할 수 있지만, 저는 과학과 기계에서 매일 일어나는 개선을 고려했을 때, 저의 현재 시도가 적어도 미래의 성공의 토대를 놓을 것이라는 희망을 가질 용기를 얻었습니다. 또한 저는 저의 계획의 규모와 복잡성을 그것의 불가능성에 대한 어떤 논거로도 간주할 수 없었습니다.

이러한 감정들로 저는 인간 존재의 창조를 시작했습니다. 부분들의 미세함이 저의 속도에 큰 방해가 되었기 때문에, 저는 저의 첫 의도와 달리, 그 존재를 거대한 체격, 즉 약 8피트(약 2.4미터)의 키와 비례적으로 크게 만들기로 결심했어요. 이 결정을 형성하고 몇 달을 성공적으로 재료를 수집하고 배열하는 데 보낸 후, 저는 시작했습니다.

성공의 첫 열정 속에서 저를 허리케인처럼 앞으로 몰아붙인 다양한 감정을 누구도 상상할 수 없습니다. 삶과 죽음은 제가 먼저 돌파하고, 우리의 어두운 세상에 빛의 급류를 쏟아부어야 할 이상적인 경계처럼 저에게 보였습니다. 새로운 종족이 창조자이자 근원으로서 저를 축복할 것입니다. 많은 행복하고 훌륭한 본성들이 자신의 존재를 저에게 빚질 것입니다. 어떤 아버지도 저가 그들에게 합당한 것만큼 완전히 자신의 아이의 감사를 주장할 수 없을 거예요. 이러한 성찰을 추구하면서, 저는 생명 없는 물질에 활력을 부여할 수 있다면, 시간이 흐르면서 (비록 지금은 불가능하다고 느꼈지만) 죽음이 분명히 몸을 부패에 바쳤던 곳에 생명을 갱신할 수 있을 것이라고 생각했습니다.

이러한 생각들이 제가 끊임없는 열의로 저의 사업을 추구하는 동안 저의 정신을 지지했습니다. 저의 뺨은 연구로 창백해졌고, 저의 몸은 갇혀 지내는 것으로 쇠약해졌어요. 때때로 확실성의 바로 그 벼랑에서, 저는 실패했습니다. 그럼에도 불구하고 저는 다음 날이나 다음 시간이 실현시킬 수 있는 희망에 계속 매달렸습니다. 제가 홀로 소유한 하나의 비밀은 제가 헌신했던 희망이었습니다. 그리고 달은 저의 밤샘 노동을 바라보았죠. 그동안 저는 긴장을 풀지 않은, 그리고 숨 막히는 간절함으로 자연을 그녀의 숨겨진 장소까지 추구했습니다.

제가 무덤의 불결한 습기 속에서 만지작거리고 혹은 살아있는 동물을 고문하여 생명 없는 진흙에 활력을 불어넣었을 때 저의 비밀스러운 노고의 공포를 누가 상상할 수 있을까요? 저의 사지는 이제 떨리고, 저의 눈은 그 기억으로 흐려집니다. 하지만 그때는 저항할 수 없는 그리고 거의 광기에 가까운 충동이 저를 앞으로 몰아붙였습니다. 저는 이 하나의 추구 외에는 모든 영혼이나 감각을 잃은 듯했어요. 그것은 실로 지나가는 무아지경에 불과했습니다. 부자연스러운 자극이 작동을 멈추자마자, 제가 저의 옛 습관으로 돌아왔을 때에야 새롭게 날카로운 느낌을 갖게 만들었죠.

저는 납골당에서 뼈를 수집했고, 불경스러운 손가락으로 인간의 신체의 엄청난 비밀을 방해했습니다. 집의 꼭대기에 있는 고독한 방, 아니 차라리 독방에서, 그리고 복도와 계단으로 다른 모든 아파트와 분리된 곳에서, 저는 저의 더러운 창조의 작업실을 유지했어요. 저의 눈알은 저의 작업의 세부 사항에 몰두하느라 눈구멍에서 튀어나올 듯했습니다. 해부실과 도살장이 저의 많은 재료를 제공했습니다. 그리고 끊임없이 증가하는 간절함에 계속 재촉 받았지만, 저의 인간 본성은 혐오감을 느끼며 저의 일에서 돌아서는 것이 자주 있었습니다. 그동안 저는 저의 작업을 결론에 가깝게 가져왔습니다.

여름 몇 달이 제가 이런 식으로, 온 마음과 영혼을 하나의 추구에 몰두하는 동안 지나갔습니다. 그것은 가장 아름다운 계절이었습니다. 들판이 이보다 더 풍성한 수확을 베풀거나 포도나무가 이보다 더 무성한 포도를 산출한 적이 없었지만, 저의 눈은 자연의 매력에 무감각했습니다. 그리고 저를 둘러싼 장면들을 소홀하게 만든 같은 감정들이 또한 저에게 수 마일 떨어져 있고, 오랫동안 보지 못했던 친구들을 잊게 만들었어요.

저는 저의 침묵이 그들을 불안하게 한다는 것을 알았고, 아버지의 말씀을 잘 기억했습니다. "나는 너가 스스로 만족할 동안 우리를 애정으로 생각할 것이며, 우리는 너로부터 정기적으로 소식을 들을 것이라는 것을 안다. 너의 서신의 어떤 중단이라도 너의 다른 의무들이 동일하게 소홀히 되고 있다는 증거로 간주한다면 나를 용서해야 한다."

따라서 저는 아버지의 감정이 어떠할지 잘 알았습니다. 하지만 저는 저의 마음을 저의 일에서 떼어낼 수 없었어요. 그 자체로 혐오스러웠지만, 저의 상상력을 저항할 수 없게 사로잡은 일이었습니다. 저는 저의 본성의 모든 습관을 삼켜버린 그 위대한 목표가 완료될 때까지, 저의 애정의 감정과 관련된 모든 것을 미루고 싶었습니다.

그때 저는 아버지가 저의 소홀함을 저의 악덕이나 잘못으로 돌린다면 불공평할 것이라고 생각했습니다. 하지만 저는 이제 아버지가 제가 전적으로 비난에서 자유롭지 않을 것이라고 생각한 것이 정당했음을 확신합니다. 완벽한 인간은 항상 침착하고 평화로운 마음을 유지해야 하며, 열정이나 일시적인 욕망이 자신의 평온을 방해하도록 결코 허용해서는 안 됩니다. 저는 지식의 추구가 이 규칙의 예외라고 생각하지 않아요. 당신이 몰두하는 연구가 당신의 애정을 약화시키고, 어떤 불순물도 섞일 수 없는 단순한 즐거움에 대한 당신의 취향을 파괴하는 경향이 있다면, 그 연구는 확실히 불법적입니다. 즉, 인간의 마음에 합당하지 않습니다. 이 규칙이 항상 준수되었더라면, 만약 어떤 사람도 자신의 가정 애정의 평온을 방해하는 어떤 추구도 허용하지 않았더라면, 그리스는 노예가 되지 않았을 것이며, 카이사르는 자신의 나라를 아꼈을 것이며, 아메리카는 더 점진적으로 발견되었을 것이며, 멕시코와 페루의 제국은 파괴되지 않았을 겁니다.

하지만 저는 저의 이야기의 가장 흥미로운 부분에서 도덕적 훈계를 하고 있다는 것을 잊고 있습니다. 당신의 표정이 저에게 계속 진행하라고 상기시킵니다.

저의 아버지는 자신의 편지에서 어떤 비난도 하지 않았고, 이전보다 더 구체적으로 저의 일을 물어봄으로써 저의 침묵에 대해 주목했을 뿐입니다. 겨울, 봄 그리고 여름이 저의 노동 동안 지나갔습니다. 하지만 저는 꽃이나 펼쳐지는 잎―이전에는 항상 최고의 기쁨을 주었던 광경―을 지켜보지 않았습니다. 저는 저의 일에 너무나 깊이 몰두되어 있었습니다. 저의 작업이 끝나갈 무렵에는 그 해의 잎들이 시들었죠. 그리고 이제 매일 저에게 제가 얼마나 잘 성공했는지 더 분명히 보여주었습니다.

하지만 저의 열정은 저의 불안으로 억제되었고, 저는 자신의 가장 좋아하는 일에 몰두하는 예술가라기보다는 노예에 의해 광산이나 다른 어떤 건강에 해로운 직업에서 고통받도록 선고받은 사람처럼 보였어요. 매일 밤 저는 느린 열병에 억압받았고, 가장 고통스러운 정도로 신경질적이 되었습니다. 잎이 떨어지는 것에도 깜짝 놀랐고, 저는 마치 죄를 지은 것처럼 저의 동료 인간들을 피했습니다. 때때로 저는 스스로 파멸했다는 것을 인지하고 불안해졌습니다. 저의 목적의 에너지만이 저를 지탱했습니다. 저의 노동은 곧 끝날 것이었고, 저는 그때 운동과 오락이 초기 질병을 몰아낼 것이라고 믿었죠. 그리고 저의 창조물이 완성되면 이 두 가지를 모두 스스로 약속했습니다.

5

 음울한 11월의 어느 밤, 저는 노고의 성취를 보았습니다. 거의 고뇌에 달하는 불안으로, 저는 저의 발 아래 놓여 있는 생명 없는 것에 존재의 불꽃을 불어넣기 위해 생명의 도구들을 주변에 모았어요. 이미 새벽 한 시였습니다. 비가 창문에 음산하게 후두둑 쳤고, 촛불은 거의 타 꺼져가고 있을 때, 반쯤 꺼진 빛의 희미한 불빛으로, 저는 그 피조물의 칙칙한 노란 눈이 뜨이는 것을 보았습니다. 그것은 크게 숨을 쉬었고, 경련성 움직임이 그것의 사지를 동요시켰죠.

　이 재앙에 대한 저의 감정을 제가 어떻게 묘사할 수 있을까요, 혹은 제가 그토록 무한한 고통과 보살핌으로 형성하려고 노력했던 그 불쌍한 존재를 어떻게 묘사할 수 있을까요? 그의 사지는 비례에 맞았고, 저는 그의 이목구비를 아름답게 선택했습니다. 아름답다니! 맙소사! 그의 노란 피부는 아래의 근육과 동맥의 작업을 간신히 덮고 있었습니다. 그의 머리카락은 윤기 나는 검은색이었고, 흐르는 듯했으며, 그의 이는 진주 같은 하얀색이었습니다. 하지만 이러한 풍성함은 그의 물기 어린 눈—그것들이 박혀 있는 칙칙한 흰색 안와와 거의 같은 색인 듯 보였습니다—그의 쪼그라든 안색과 곧은 검은 입술과 함께 더욱 끔찍한 대조만을 형성했습니다.

삶의 다양한 사고들은 인간 본성의 감정만큼 변화무쌍하지 않습니다. 저는 무생물에 생명을 불어넣는 단 하나의 목적을 위해 거의 2년 동안 열심히 일했습니다. 이것을 위해 저는 휴식과 건강을 스스로 박탈했습니다. 저는 절제를 훨씬 초과하는 열의로 그것을 바랐죠. 하지만 이제 저가 완료했을 때, 꿈의 아름다움은 사라졌고, 숨 막히는 공포와 혐오가 저의 심장을 가득 채웠습니다.
(머선129! 이생망 각인가!)

제가 창조한 존재의 모습을 견딜 수 없어, 저는 방에서 뛰쳐나와 오랫동안 저의 침실을 배회했고, 잠이 들도록 저의 마음을 진정시킬 수 없었습니다. 마침내 피로가 제가 이전에 겪었던 소란을 이어받았고, 저는 옷을 입은 채 침대에 몸을 던져, 몇 순간의 망각을 찾으려 노력했습니다. 하지만 헛수고였습니다. 저는 정말로 잠이 들었지만, 가장 거친 꿈에 방해받았습니다.

저는 건강이 만개한 엘리자베스가 잉골슈타트 거리를 걷는 것을 보았다고 생각했습니다. 기쁘고 놀라서, 저는 그녀를 껴안았지만, 그녀의 입술에 첫 키스를 새기자마자, 그것들은 죽음의 빛깔로 검푸르게 변했습니다. 그녀의 이목구비는 변하는 듯 보였고, 저는 죽은 어머니의 시신을 팔에 안고 있다고 생각했습니다. 수의가 그녀의 몸을 감쌌고, 저는 플란넬 주름 속에서 무덤 벌레들이 기어다니는 것을 보았습니다.

저는 공포에 질려 잠에서 벌떡 일어났습니다. 차가운 땀이 저의 이마를 덮었고, 저의 이가 딱딱 부딪혔으며, 모든 사지가 경련했습니다. 그때, 창문 셔터를 뚫고 들어오는 달의 희미하고 노란

빛으로, 저는 그 불쌍한 존재—저가 그토록
비참하게 생명을 부여한 끔찍한 괴물—을
보았습니다. 그는 침대 커튼을 들어 올렸습니다.
그리고 그의 눈은, 만약 그것들을 눈이라고 부를
수 있다면, 저에게 고정되었습니다. 그의 턱이
벌어졌고, 그는 이해할 수 없는 소리를
중얼거렸습니다. 동시에 웃음이 그의 뺨에 주름을
지게 했죠. 그는 말했을 수도 있지만, 저는 듣지
못했습니다. 한 손이 저를 붙잡으려는 듯 뻗어
있었지만, 저는 도망쳐 아래층으로
뛰쳐나갔습니다. 저는 거주하던 집에 속한 안뜰로
피신했고, 그곳에서 밤의 나머지 시간 동안 가장
큰 동요 속에서 왔다 갔다 걸으며 머물렀죠. 저는
주의 깊게 귀를 기울였고, 모든 소리가 마치 제가
그토록 비참하게 생명을 준 악마 같은 시신의

접근을 알리는 것처럼 두려워하며 붙잡았습니다.

오! 어떤 필멸의 존재도 그 얼굴의 공포를 지탱할 수 없을 겁니다. 다시 활력을 부여받은 미라도 그 불쌍한 존재만큼 끔찍하지 않았을 것입니다. 저는 미완성 상태일 때 그를 응시했습니다. 그때도 그는 추했지만, 그 근육과 관절들이 움직일 수 있게 되었을 때, 그것은 단테조차 상상할 수 없었을 만한 것이 되었어요.

저는 밤을 비참하게 보냈습니다. 때때로 저의 맥박은 너무나 빠르고 격렬하게 뛰어서 모든 동맥의 박동을 느꼈습니다. 다른 때는 무기력과 극심한 허약함으로 거의 땅에 쓰러질 뻔했습니다. 이 공포와 뒤섞여 저는 실망의 쓰라림을 느꼈죠. 그토록 오랜 기간 동안 저의 양식이자 즐거운 휴식이었던 꿈들이 이제 저에게 지옥이 되었습니다. 그리고 그 변화는 너무나 빨랐고, 그 전복은 너무나 완벽했습니다!

음산하고 축축한 아침이 마침내 밝아왔고, 저의 잠 못 이루고 쑤시는 눈에 잉골슈타트의 교회, 그 흰 첨탑과 여섯 시를 가리키는 시계를 드러냈습니다. 수위가 그날 밤 저의 피난처였던 뜰의 문을 열었고, 저는 거리로 나왔죠. 거리를 빠른 걸음으로 배회했는데, 마치 거리의 모든 모퉁이가 저의 시야에 제시할 것을 두려워하는 그 불쌍한 존재를 피하려 하는 것처럼 말입니다. 저는 저가 거주하던 방으로 돌아갈 엄두를 내지 못하고, 검고 음울한 하늘에서 쏟아지는 비에 흠뻑 젖었음에도 불구하고 서둘러 나아가야 한다는 충동을 느꼈습니다.

저는 이런 식으로 한동안 계속 걸었고, 육체적

운동으로 저의 마음을 짓누르는 짐을 덜려 노력했어요. 저는 자신이 어디에 있는지, 무엇을 하고 있는지에 대한 명확한 개념 없이 거리를 가로질렀습니다. 저의 심장은 두려움의 병으로 고동쳤고, 저는 주변을 돌아볼 엄두를 내지 못하고 불규칙한 걸음으로 서둘러 나아갔죠. 마치 콜리지의 '노수부'가 묘사한 것처럼 말입니다.

이렇게 계속 나아가다가, 저는 마침내 다양한 합승 마차와 마차가 평소 멈추는 여관 맞은편에 도착했습니다. 저는 여기서 멈췄어요. 왜인지는 몰랐습니다. 하지만 저는 거리의 다른 끝에서 저를 향해 오고 있는 마차에 눈을 고정한 채 몇 분 동안 그대로 있었죠. 그것이 가까워지자, 저는 그것이 스위스 합승 마차라는 것을 깨달았습니다. 그것은 제가 서 있는 바로 그 곳에 멈췄고, 문이 열리자,

헨리 클레르발이 저를 보자마자 즉시 뛰어내리는 것을 인지했습니다.

그가 외쳤습니다.

"나의 친애하는 프랑켄슈타인, 당신을 보게 되어 얼마나 기쁜지! 당신이 내리는 바로 그 순간에 여기 있다는 것이 얼마나 행운인지요!"

클레르발을 보는 저의 기쁨과 비교할 수 있는 것은 아무것도 없었습니다. 그의 존재는 저의 아버지, 엘리자베스 그리고 저의 기억에 그토록 소중한 집의 모든 장면들을 저의 생각으로 다시 데려왔어요. 저는 그의 손을 꽉 쥐었고, 순식간에 저의 공포와 불행을 잊었습니다. 저는 수개월 동안 처음으로 갑자기 침착하고 평온한 기쁨을 느꼈어요. 따라서 저는 가장 진심 어린 방식으로 친구를 환영했고, 우리는 저의 대학을 향해 걸었습니다.

클레르발은 한동안 우리의 공통 친구들과 잉골슈타트에 올 수 있게 된 자신의 행운에 대해 계속 이야기했습니다.

"모든 필요한 지식이 고귀한 장부 정리 기술에 포함되어 있지 않다는 것을 아버지에게 설득하는 데 얼마나 큰 어려움이 있었는지 당신은 쉽게 믿을 수 있을 것입니다. 그리고 사실, 저는 아버지를 마지막까지 불신하게 둔 것이라고 믿습니다. 저의 지칠 줄 모르는 간청에 대한 아버지의 끊임없는 대답은 '웨이크필드 목사'의 네덜란드 학교 선생님의 대답과 같았습니다. '나는 그리스어 없이도 일 년에 만 플로린을 벌고, 그리스어 없이도 배불리 먹는다.' 하지만 저에 대한 아버지의 애정이 마침내 배움에 대한 아버지의 반감을 극복했고,

저에게 지식의 땅으로 탐험 항해를 떠나도록 허락했습니다."

"당신을 보게 되어 가장 큰 기쁨입니다. 하지만 아버지, 형제들 그리고 엘리자베스가 어떻게 지내고 있는지 말해 주십시오."

"매우 잘, 그리고 매우 행복하게 지내고 있습니다. 단지 당신에게서 소식이 너무 드물게 와서 약간 불안해하고 있습니다. 참고로, 저 자신이 그들을 대신하여 당신에게 약간 잔소리할 생각입니다. 하지만, 나의 친애하는 프랑켄슈타인," 그가 갑자기 멈춰 서서 저의 얼굴을 정면으로 바라보며 계속했습니다. "당신이 얼마나 몹시 아파 보이는지 미처 알아차리지 못했습니다. 너무 마르고 창백합니다. 마치 며칠 밤 동안 밤샘을 한 것처럼 보입니다."

"당신이 맞게 추측했습니다. 저는 최근 하나의 일에 너무나 깊이 몰두하여 충분한 휴식을 스스로 허용하지 않았습니다. 당신이 보시다시피 말입니다. 하지만 저는 진심으로, 이 모든 일들이 이제 끝났기를 바라며, 마침내 자유롭기를 바랍니다."

저는 극심하게 떨렸습니다. 저는 이전 날 밤에 일어난 일을 생각하는 것조차 견딜 수 없었고, 언급하는 것은 더욱 그랬죠. 저는 빠른 걸음으로 걸었고, 우리는 곧 저의 대학에 도착했습니다. 저는 그때 깨달았습니다. 그리고 그 생각은 저를 전율하게 했죠. 제가 제 방에 남겨 두었던 그 피조물이 아직 거기에 살아 있고 돌아다니고 있을 수도 있다는 생각 말입니다. 저는 이 괴물을 보는 것이 두려웠지만, 헨리가 그를 볼까 더욱 두려웠습니다. 따라서 저는 그에게 계단 밑에서 잠시 머물러 달라고 간청하고, 저의 방을 향해 돌진했습니다.

저는 스스로를 기억하기도 전에 이미 문의 잠금장치에 손이 닿아 있었습니다. 저는 그때 멈춰 섰고, 차가운 전율이 저를 덮쳤죠. 아이들이 반대편에 유령이 서서 기다리고 있을 것이라고 기대할 때 습관적으로 하는 것처럼, 저는 문을 힘껏 열었습니다. 하지만 아무것도 나타나지 않았어요. 저는 두려움에 차서 안으로 들어섰습니다. 방은 비어 있었고, 저의 침실도 그 끔찍한 손님에게서 해방되어 있었습니다. 저는 그토록 큰 행운이 저에게 닥쳤을 수 있다는 것을 거의 믿을 수 없었지만, 저의 적이 정말로 도망쳤다는 것을 확신했을 때, 저는 기쁨에 박수를 치고 클레르발에게 달려 내려갔습니다. (휴, 한숨 돌렸죠! 이것도 럭키비키적인 순간이었어요.)

우리는 저의 방으로 올라갔고, 하인이 곧 아침 식사를 가져왔습니다. 하지만 저는 스스로를 억제할 수 없었습니다. 저를 사로잡은 것은 단지 기쁨만이 아니었습니다. 저는 지나친 민감성으로 살이 따끔거리는 것을 느꼈고, 맥박은 빠르게 뛰었습니다. 저는 단 한순간도 같은 곳에 머물 수 없었어요. 저는 의자 위를 뛰어넘고, 박수를 치며 크게 웃었습니다.

클레르발은 처음에는 저의 평소와 다른 활기를 자신의 도착에 대한 기쁨 탓으로 돌렸지만, 저를 더 주의 깊게 관찰했을 때, 그는 저의 눈에서 자신이 설명할 수 없는 야성을 보았고, 저의 크고, 억제되지 않은, 진심 없는 웃음은 그를 겁먹게 하고 놀라게 했습니다.

그가 외쳤습니다.

"나의 친애하는 빅터, 맙소사, 대체 무슨 일입니까? 그런 식으로 웃지 마십시오. 당신이 얼마나 아픈지! 이 모든 것의 원인이 무엇입니까?"

저는 손으로 눈을 가리며 외쳤습니다. 저는 두려운 유령이 방으로 미끄러져 들어오는 것을 보았다고 생각했기 때문입니다.

"묻지 마십시오. 그가 말해줄 수 있습니다. 오, 저를 구해 주십시오! 저를 구해 주십시오!"

저는 그 괴물이 저를 붙잡았다고 상상했습니다. 저는 맹렬하게 몸부림쳤고 발작을 일으키며 쓰러졌습니다.

불쌍한 클레르발! 그의 감정이 어떠했을까요? 그가 그토록 기쁨으로 고대했던 만남이 그토록 이상하게 쓰라림으로 변하다니. 하지만 저는 그의 슬픔의 증인이 아니었습니다. 저는 생명이 없었고, 아주 오랫동안 정신을 차리지 못했기 때문이죠.

  이것이 수개월 동안 저를 고립시킨 신경성 열병의 시작이었습니다. 그 모든 시간 동안 헨리는 저의 유일한 간호사였습니다. 저는 나중에 알았죠. 아버지의 연세와 그토록 긴 여행에 부적합함, 그리고 저의 병이 엘리자베스를 얼마나 비참하게 만들지 알았기 때문에, 그는 저의 병의 정도를 숨김으로써 그들에게 이 슬픔을 면하게 해주었어요. 그는 저보다 더 친절하고 세심한 간호사를 가질 수 없다는 것을 알았고, 저의 회복에 대한 자신이 느낀 희망에 확고했기 때문에, 해를 끼치기보다는, 그들에게 할 수 있는 가장 친절한 행동을 수행했다고 의심하지 않았습니다.

(클레르발은 진짜 개인싸이자 걱정좌였어요!)

하지만 저는 실제로 매우 아팠고, 정말로 저의 친구의 무한하고 끊임없는 보살핌 외에는 아무것도 저를 생명으로 회복시킬 수 없었을 것입니다. 제가 존재를 부여한 그 괴물의 형태는 영원히 저의 눈앞에 있었고, 저는 그에 대해 끊임없이 헛소리를 했습니다. 틀림없이 저의 말은 헨리를 놀라게 했죠. 그는 처음에는 그것들이 저의 혼란스러운 상상력의 방황이라고 믿었지만, 저가 끊임없이 같은 주제로 되돌아가는 끈기는 그의 질환이 정말로 어떤 흔치 않은 끔찍한 사건에서 기원했다는 것을 그에게 설득시켰습니다.

매우 느린 속도로, 그리고 저의 친구를 불안하게 하고 슬프게 했던 빈번한 재발과 함께, 저는 회복했습니다. 저는 외적인 대상을 어떤 종류의 즐거움과 함께 관찰할 수 있게 된 첫 순간을 기억합니다. 저는 떨어진 잎들이 사라졌고, 저의 창문에 그늘을 드리운 나무들에서 어린 싹들이 솟아나고 있다는 것을 인지했습니다. 그것은 신성한 봄이었고, 그 계절은 저의 회복에 크게 기여했어요. 저는 또한 기쁨과 애정의 감정이 저의 가슴에서 되살아나는 것을 느꼈습니다. 저의 음울함은 사라졌고, 짧은 시간 안에 저는 그 치명적인 열정에 공격받기 전처럼 쾌활해졌죠.

"가장 사랑하는 클레르발," 저는 외쳤습니다. "당신은 저에게 얼마나 친절하고, 얼마나 정말 착한지. 당신이 스스로 약속했던 연구를 하는 대신, 이 온 겨울 동안 저의 병실에서 보냈습니다. 제가 당신에게 어떻게 보답해야 할까요? 저는 저가 초래한 실망에 대해 가장 큰 후회를 느낍니다.

하지만 당신은 저를 용서할 것입니다."

"당신이 스스로를 불안하게 하지 않고, 가능한 빨리 완전히 나아준다면 저에게 완전히 보답하는 것입니다. 그리고 당신이 그토록 기분이 좋아 보이니, 제가 하나의 주제에 대해 당신에게 말해도 될까요?"

저는 떨렸습니다. 하나의 주제라니! 제가 생각조차 감히 할 수 없는 대상을 암시하는 것일까요?

"진정하십시오," 저의 안색 변화를 관찰한 클레르발이 말했습니다. "당신을 동요시킨다면 언급하지 않겠습니다. 하지만 당신의 아버지와 사촌은 당신의 자필 편지를 받으면 매우 행복할 것입니다. 그들은 당신이 얼마나 심하게 아팠는지 거의 모르고, 당신의 오랜 침묵에 불안해하고 있습니다."

"그것이 전부입니까, 나의 친애하는 헨리? 제가 사랑하고 그토록 사랑받을 자격이 있는 그 소중하고 소중한 친구들을 향해 저의 첫 생각이 날아가지 않을 것이라고 어떻게 생각하실 수 있었습니까?"

"이것이 당신의 현재 기분이라면, 나의 친구, 아마도 며칠 동안 여기에 놓여 있던 편지를 보게 되어 기쁠 것입니다. 제 생각에는 당신의 사촌에게서 온 것입니다."

6

 클레르발은 그리고 나서 다음 편지를 저의 손에 건넸습니다. 그것은 저의 엘리자베스에게서 온 것이었습니다.

"나의 가장 친애하는 사촌에게,

 당신은 아팠습니다. 매우 심하게 아팠습니다. 그리고 사랑하는 친절한 헨리의 끊임없는 편지도 당신에 관해 저를 안심시키기에는 충분하지 않습니다. 당신은 글을 쓰는 것—펜을 드는 것—을 금지 당했습니다. 하지만 사랑하는 빅터,

당신에게서 온 단 한마디가 우리의 불안을 진정시키는 데 필수적입니다. 오랫동안 저는 매번 우편이 이 한 줄을 가져올 것이라고 생각했고, 저의 설득이 삼촌이 잉골슈타트로 여행하는 것을 삼가도록 억제했습니다. 저는 삼촌이 그토록 긴 여행의 불편함과 어쩌면 위험에 직면하는 것을 막았지만, 저 자신이 그것을 수행할 수 없다는 것을 얼마나 자주 후회했는지요! 저는 당신의 병상을 간호하는 임무가 당신의 소망을 결코 짐작할 수 없고, 당신의 불쌍한 사촌의 보살핌과 애정으로 그것을 돌볼 수 없는 어떤 돈을 위해 일하는 늙은 간호사에게 맡겨졌다고 마음속으로 그립니다. 하지만 그것은 이제 끝났습니다. 클레르발은 당신이 정말로 나아지고 있다고 씁니다. 저는 당신이 곧 당신의 자필로 이 소식을 확인해 주기를 열렬히 바랍니다.

 나으세요—그리고 우리에게 돌아오십시오. 당신은 행복하고, 쾌활한 집과 당신을 진심으로 사랑하는 친구들을 발견할 것입니다. 당신의 아버지의 건강은 활기 넘치며, 당신을 보는 것, 당신이 건강하다는 것을 확신하는 것만을 바랍니다. 그러면 어떤 걱정도 아버지의 자비로운 얼굴을 흐리게 하지 않을 것입니다. 우리의 어니스트가 향상된 것을 알아차리면 당신이 얼마나 기뻐할까요! 그는 이제 열여섯 살이고 활동과 정신으로 가득 차 있습니다. 그는 진정한 스위스인이 되어 외국 군대에 입대하기를 바랍니다. 하지만 적어도 그의 형이 우리에게 돌아올 때까지는 우리는 그와 헤어질 수 없습니다. 삼촌은 먼 나라에서의 군인 경력이라는 생각에 만족하지 않습니다. 하지만 어니스트는 결코 당신의 몰두 능력을 가지지 못했습니다. 그는 공부를 혐오스러운 족쇄로 여깁니다. 그의 시간은 야외에서, 언덕을 오르거나 호수에서 노를 젓는 데 보내집니다. 저는 우리가 그 요점을 양보하고 그가 선택한 직업에 착수하도록 허락하지 않는다면 그가 게으름뱅이가 될까 두렵습니다.

우리의 사랑하는 아이들의 성장 외에는 당신이 우리를 떠난 이후로 우리의 작은 가정에 거의 변화가 없었습니다. 푸른 호수와 눈 덮인 산 —그들은 결코 변하지 않습니다. 그리고 저는 우리의 평온한 집과 우리의 만족한 마음이 같은 불변의 법칙에 의해 규제된다고 생각합니다. 저의 사소한 일들은 저의 시간을 차지하고 저를 즐겁게 합니다. 그리고 저는 저를 둘러싼 행복하고, 친절한 얼굴들만을 보는 것으로 어떤 노력에 대해 보상받습니다.

  당신이 우리를 떠난 이후로, 우리의 작은 가족에 단 하나의 변화가 있었습니다. 당신은 저스틴 모리츠가 우리의 가족에 들어온 계기를 기억하십니까? 아마도 기억하지 못하실 겁니다. 따라서 저는 그녀의 역사를 몇 마디로 이야기하겠습니다. 그녀의 어머니인 모리츠 부인은 네 아이를 둔 과부였으며, 저스틴은 그중 셋째였습니다. 이 소녀는 항상 아버지의 총애를 받았지만, 이상한 뒤틀림으로 어머니는 그녀를 참을 수 없었고, 모리츠 씨가 사망한 후 그녀를 매우 심하게 대했습니다. 저의 숙모가 이것을 관찰했고, 저스틴이 열두 살이었을 때, 어머니를 설득하여 우리 집에서 살도록 허락받았습니다.

우리나라의 공화주의 제도는 그것을 둘러싼 대규모 군주국에서 만연한 것보다 더 단순하고 행복한 관습을 만들어냈습니다. 따라서 주민 간의 여러 계층 간의 구별이 덜합니다. 그리고 하층민은 그토록 가난하지도 않고 그토록 멸시받지도 않기 때문에, 그들의 태도는 더 세련되고 도덕적입니다. 제네바의 하인은 프랑스와 영국의 하인과 같은 것을 의미하지 않습니다. 저스틴은 이처럼 우리의 가족에 받아들여져, 하인의 의무를 배웠는데, 우리의 행운을 가져다준 나라에서는 그 직업이 무지와 인간 존엄성의 희생이라는 개념을 포함하지 않습니다.

 저스틴은 당신의 큰 총애를 받았다는 것을 기억하실 겁니다. 그리고 저는 당신이 한번은 자신이 기분이 나쁠 때, 저스틴의 한 번의 시선이

그것을 날려버릴 수 있다고 말했던 것을
기억합니다. 아리오스토가 안젤리카의 아름다움에
관해 제시하는 것과 같은 이유로—그녀는 너무나
솔직하고 행복해 보였습니다. 저의 숙모는
그녀에게 큰 애착을 느꼈고, 그것으로 인해 처음에
의도했던 것보다 우수한 교육을 그녀에게 시키게
되었습니다. 이 혜택은 충분히 보답 받았습니다.
저스틴은 세상에서 가장 감사할 줄 아는 작은
존재였습니다. 저는 그녀가 어떤 고백도 했다는
것을 의미하는 것은 아닙니다—저는 그녀의
입술을 통해 나오는 것을 결코 듣지 못했습니다.
하지만 당신은 그녀의 눈으로 그녀가 자신의
보호자를 거의 숭배하고 있다는 것을 알 수
있었습니다. 비록 그녀의 성격이 쾌활하고 많은
면에서 경솔했지만, 그녀는 저의 숙모의 모든

몸짓에 가장 큰 주의를 기울였습니다. 그녀는 숙모를 모든 탁월함의 본보기로 여겼고, 숙모의 말투와 태도를 모방하려고 노력했습니다. 그래서 지금도 그녀는 종종 저에게 숙모를 떠올리게 합니다.

저의 가장 사랑하는 숙모가 돌아가셨을 때, 모두가 자신의 슬픔에 너무나 몰두하여 가장 간절한 애정으로 숙모를 간호했던 불쌍한 저스틴을 눈치채지 못했습니다. 불쌍한 저스틴은 매우 아팠습니다. 하지만 다른 시련들이 그녀를 위해 남겨져 있었습니다.

하나씩, 그녀의 오빠와 여동생이 죽었습니다. 그리고 그녀의 어머니는 소외된 딸을 제외하고 자식이 없게 되었습니다. 그 여인의 양심은 괴로웠습니다. 그녀는 자신이 총애했던 아이들의 죽음이 자신의 편애를 벌하기 위한 하늘의 심판이라고 생각하기 시작했습니다. 그녀는 로마 가톨릭 신자였습니다. 그리고 저는 그녀의 고해 신부가 그녀가 품었던 생각을 확인해 주었다고 믿습니다. 따라서 당신이 잉골슈타트로 떠난 후 몇 달 뒤, 저스틴은 회개한 어머니에 의해 집으로 불려갔습니다. 불쌍한 소녀! 그녀는 우리 집을 떠날 때 울었습니다. 그녀는 저의 숙모가 돌아가신 후 많이 변했습니다. 슬픔은 그녀의 태도에 부드러움과 매력적인 온화함을 주었는데, 이전에는 활기로 주목받았습니다.

그녀의 어머니 집에서의 생활도 그녀의 쾌활함을 회복시킬 성격이 아니었습니다. 불쌍한 여인은 자신의 회개에서 매우 변덕스러웠습니다. 그녀는 때때로 저스틴에게 자신의 불친절을 용서해 달라고 간청했지만, 훨씬 더 자주 그녀가 오빠와 여동생의 죽음을 초래했다고 비난했습니다. 끊임없는 초조함이 마침내 모리츠 부인을 쇠약하게 만들었고, 처음에는 그녀의 과민성을 증가시켰지만, 그녀는 이제 영원히 평화롭습니다. 그녀는 지난 겨울초에 차가운 날씨가 다가오자마자 사망했습니다. 저스틴은 방금 우리에게 돌아왔습니다. 그리고 저는 당신에게 저가 그녀를 다정하게 사랑한다고 장담합니다. 그녀는 매우 영리하고 온화하며, 극도로 예쁩니다. 제가 이전에 언급했듯이, 그녀의 태도와 표현은 끊임없이 저에게 저의 사랑하는 숙모를 떠올리게 합니다.

나의 사랑하는 사촌, 작은 사랑스러운 윌리엄에 관해서도 몇 마디 해야 합니다. 당신이 그를 볼 수 있다면 좋을 텐데요. 그는 그의 나이에 비해 키가 매우 크고, 달콤하게 웃는 푸른 눈, 어두운 속눈썹, 그리고 곱슬거리는 머리카락을 가지고 있습니다. 그가 미소 지을 때, 건강으로 장밋빛인 각 뺨에 두 개의 작은 보조개가 나타납니다. 그는 이미 한두 명의 작은 '아내'를 가졌지만, 다섯 살 된 예쁜 작은 소녀인 루이자 비롱이 그의 가장 좋아하는 아이입니다. (윌리엄이 여자 친구를 최애라고 부르는 모습, 상상만 해도 댕댕이처럼 귀엽습니다!)

이제, 사랑하는 빅터, 당신은 제네바의 착한 사람들에 관한 작은 소문에 탐닉하고 싶을 것이라고 생각합니다. 예쁜 맨스필드 아가씨는 이미 젊은 영국인, 존 멜버른 경과의 다가오는 결혼에 대한 축하 방문을 받았습니다. 그녀의 못생긴 여동생, 마농은 지난 가을 부유한 은행가, 뒤빌라르 씨와 결혼했습니다. 당신이 가장 좋아했던 학교 친구, 루이 마누아르는 클레르발이 제네바를 떠난 이후 몇 가지 불행을 겪었습니다. 하지만 그는 이미 기운을 회복했고, 활기 넘치고 예쁜 프랑스 여성, 타베르니에 부인과 결혼하기 직전이라고 전해집니다. 그녀는 과부이고, 마누아르보다 훨씬 나이가 많습니다. 하지만 그녀는 매우 많은 사람들에게 감탄받고, 모든 사람에게 인기가 있습니다.

  저는 글을 쓰면서 더 좋은 기분이 되었습니다, 사랑하는 사촌. 하지만 마무리할 때 저의 불안이 다시 돌아옵니다. 쓰십시오, 가장 사랑하는 빅터—한 줄—한 단어라도 우리에게는 축복이 될 것입니다. 헨리에게 그의 친절, 그의 애정 그리고 그의 많은 편지에 대해 만 번의 감사를 전합니다. 우리는 진심으로 감사하고 있습니다. 안녕! 나의 사촌이여, 몸 조심하십시오. 그리고 당신에게 간청합니다, 편지하십시오!"

"엘리자베스 라벤자.""제네바, 17__년 3월 18일."

"사랑하는, 사랑하는 엘리자베스!" 저는 그녀의 편지를 읽고 외쳤습니다. "저는 즉시 편지를 써서 그들이 느낄 불안을 덜어줄 것입니다." 저는 편지를 썼고, 이 노력은 저를 크게 지치게 했습니다. 하지만 저의 회복은 시작되었고, 규칙적으로 진행되었습니다. 2주 후, 저는 저의 방을 떠날 수 있게 되었어요.

저의 회복 후 첫 번째 의무 중 하나는 클레르발을

대학의 여러 교수들에게 소개하는 것이었습니다. 이것을 하는 동안, 저는 저의 마음이 입었던 상처에 전혀 어울리지 않는 일종의 거친 취급을 겪었습니다. 그 치명적인 밤, 저의 노동의 끝이자 저의 불행의 시작 이후로, 저는 심지어 자연 철학의 이름에도 격렬한 반감을 품고 있었어요. 저가 다른 면에서는 완전히 건강을 회복했을 때, 화학 기구를 보는 것은 저의 신경성 증상의 모든 고통을 갱신시켰습니다.

헨리는 이것을 알았고, 저의 모든 장치를 저의 시야에서 제거했습니다. 그는 또한 저의 아파트를 바꿨죠. 제가 이전에 저의 실험실이었던 방에 대한 혐오감을 얻었다는 것을 그가 인지했기 때문입니다. 하지만 제가 교수들을 방문했을 때, 클레르발의 이러한 배려들은 소용이 없게 되었습니다. 발트만 씨는 친절과 열의로 제가 과학에서 이룬 놀라운 진척을 칭찬할 때 고통을 안겨주었어요. 제가 그 주제를 싫어한다는 것을 그는 곧 인지했지만, 진정한 원인을 짐작하지 못하고, 저의 감정을 겸손 탓으로 돌렸고, 저를 끌어내려는 의도로, 저의 발전에서 과학 자체로 주제를 바꿨습니다.

저는 무엇을 할 수 있었을까요? 그는 저를 기쁘게 하려 했지만, 저를 괴롭혔습니다. 저는 마치 그가 나중에 저를 느리고 잔인한 죽음에 이르게 하는 데 사용될 그 도구들을 하나씩, 조심스럽게 저의 시야에 놓고 있는 것처럼 느꼈어요. 저는 그의 말 아래서 몸부림쳤지만, 제가 느끼는 고통을 감히 드러내지 못했습니다. 타인의 감각을 분별하는 데 항상 빠른 눈과 감정을 가진 클레르발은 주제를 피했고, 자신의 완전한 무지를 변명으로 내세웠습니다. 그리고 대화는 더 일반적인 방향으로 돌아섰죠. 저는 마음속으로 친구에게 감사했지만, 말하지 않았습니다. 저는 그가 놀랐다는 것을 분명히 알았지만, 그는 결코 저의 비밀을 끌어내려 시도하지 않았습니다. 그리고 저는 한계가 없는 애정과 경외심이 뒤섞인 감정으로 그를 사랑했지만, 저의 기억에 그토록 자주 나타나는 그 사건을 그에게 털어놓도록 스스로를 설득할 수 없었습니다. 다른 사람에게 자세히 이야기하는 것이 단지 그것을 더 깊이 각인시킬 뿐이라고 두려워했기 때문이죠.

크렘페 씨는 그만큼 유순하지 않았습니다. 그리고 그때 저의 거의 참을 수 없는 민감성 상태에서, 그의 거칠고 무뚝뚝한 칭찬은 발트만 씨의 자비로운 찬사보다 훨씬 더 많은 고통을 저에게 주었어요. "빌어먹을 친구!" 그가 외쳤습니다. "글쎄, 클레르발 씨, 저는 그가 우리 모두를 능가했다고 장담합니다. 예, 놀라시든지 마시든지요. 하지만 그것은 그럼에도 불구하고 사실입니다. 불과 몇 년 전에 복음만큼 확고하게 코르넬리우스 아그리파를 믿었던 젊은이가 이제 대학의 수장이 되었습니다. 그리고 그가 곧 끌어내려지지 않는다면, 우리 모두 창피를 당할 것입니다.―예, 예"

그가 저의 고통을 표현하는 얼굴을 관찰하며 계속했습니다.

"프랑켄슈타인 씨는 겸손합니다. 젊은이에게 훌륭한 자질이죠. 클레르발 씨, 젊은이들은 자신에 대해 자신감이 없어야 합니다, 아시죠? 저도

젊었을 때는 그랬습니다. 하지만 그것은 아주 짧은 시간 안에 사라집니다."

크렘페 씨는 이제 자신에 대한 찬사를 시작했고, 이는 다행히 저에게 그토록 짜증나는 주제에서 대화를 돌렸습니다.

클레르발은 자연 과학에 대한 저의 취향에 결코 공감하지 않았습니다. 그리고 그의 문학 추구는 저를 사로잡았던 것과 완전히 달랐죠. 그는 동양 언어를 완전히 마스터하려는 의도로 대학에 왔고, 그렇게 자신이 스스로 정해 놓은 삶의 계획을 위한 분야를 열어야 했습니다. 명예롭지 않은 경력을 추구하지 않기로 결심하고, 그는 자신의 모험 정신을 위한 범위를 제공하는 곳으로 시선을 돌렸죠. 페르시아어, 아랍어 그리고 산스크리트어가 그의 주의를 사로잡았고, 저는 쉽게 같은 연구에 참여하도록 설득되었습니다.

게으름은 항상 저에게 지루한 일이었고, 이제 저는 성찰에서 도망치고 싶었고, 저의 이전 연구를 혐오했기 때문에, 친구와 함께 공동 학생이 된 것에서 큰 안도감을 느꼈고, 동양 학자들의 작품에서 가르침뿐만 아니라 위안도 발견했습니다. 저는 그처럼 그들의 방언에 대한 비판적 지식을 시도하지 않았습니다. 저는 단지 일시적인 오락 외의 다른 용도를 염두에 두지 않았기 때문이죠. 저는 단지 그들의 의미를 이해하기 위해 읽었고, 그것들은 저의 노력에 충분히 보답했습니다. 그들의 멜랑콜리는 마음을 달래주고, 그들의 기쁨은 저가 다른 어떤 나라의 저자를 연구하면서 경험하지 못했던 정도로 고양시킵니다. 당신이 그들의 글을 읽을 때, 삶은 따뜻한 태양과 장미 정원—아름다운 적의 미소와 찡그림, 그리고 당신 자신의 심장을 소모시키는 불—로 구성된 듯 보이죠. 그리스와 로마의 남성적이고 영웅적인 시와는 얼마나 다릅니까!

  여름은 이러한 활동 속에서 지나갔고, 저의 제네바 복귀는 가을 후반으로 정해졌습니다. 하지만 몇 가지 사고로 지연되면서, 겨울과 눈이 도착했고, 길은 통행이 불가능하다고 여겨져, 저의 여행은 다음 봄까지 늦춰졌습니다. 저는 이 지연을 매우 쓰라리게 느꼈죠. 저는 저의 고향과 사랑하는 친구들을 보고 싶었기 때문입니다. 저의 복귀가 그토록 오랫동안 지연된 것은 클레르발이 그곳 주민 중 누구와도 친해지기 전에 낯선 곳에 그를 남겨두고 싶지 않았기 때문이었습니다. 하지만 겨울은 쾌활하게 보냈습니다. 그리고 봄이 유난히

늦었지만, 그것이 왔을 때 그것의 아름다움은 그것의 지연에 대해 보상했습니다.

5월이 이미 시작되었고, 저는 저의 출발 날짜를 정할 편지를 매일 기다리고 있었습니다. 그때 헨리가 제가 오랫동안 살았던 나라에 개인적인 작별 인사를 할 수 있도록 잉골슈타트 주변을 도보 여행할 것을 제안했어요. 저는 이 제안에 기쁨으로 동의했습니다. 저는 운동을 좋아했고, 클레르발은 저의 고향 배경 사이에서 저가 취했던 이러한 성격의 산책에서 항상 저의 가장 좋아하는 동반자였습니다.

우리는 2주 동안 이러한 산책을 했어요. 저의 건강과 정신은 오래전에 회복되었고, 제가 들이마신 건강에 좋은 공기, 우리 진행의 자연스러운 사건들, 그리고 제 친구의 대화로부터 추가적인 힘을 얻었습니다. 공부는 이전에 저를 동료 인간과의 교류에서 격리시키고, 저를 비사교적으로 만들었습니다. 하지만 클레르발은 저의 심장의 더 나은 감정들을 불러일으켰죠. 그는 저에게 다시 자연의 모습과 아이들의 쾌활한 얼굴을 사랑하도록 가르쳤습니다. 훌륭한 친구! 당신은 저를 얼마나 진심으로 사랑했고, 저의 마음을 당신 자신의 수준으로 끌어올리려 노력했는지요. 이기적인 추구는 저를 움츠러들게 하고 좁혔습니다. 당신의 온화함과 애정이 저의 감각을 따뜻하게 하고 열어줄 때까지 말입니다. 저는 몇 년 전에 모두에게 사랑받고 사랑했던, 슬픔이나 걱정이 없었던 바로 그 행복한 존재가 되었어요. 행복했을 때, 생명 없는 자연은 저에게 가장 즐거운 감각을 베풀 힘을 가지고 있었습니다.

평온한 하늘과 푸른 들판은 저를 황홀경으로 가득 채웠죠. 현재 계절은 정말로 신성했습니다. 봄 꽃들이 울타리에서 피어났고, 여름 꽃들은 이미 봉오리를 맺고 있었습니다. 저는 이전 한 해 동안 저를 짓눌렀던, 저가 그것들을 떨쳐내려 노력했음에도 불구하고 떨쳐낼 수 없었던 생각들에 방해받지 않았습니다.

  헨리는 저의 쾌활함을 기뻐했고, 저의 감정에 진심으로 공감했습니다. 그는 자신의 영혼을 채운 감각들을 표현하면서 저를 즐겁게 하려고 노력했어요. 이 경우에 그의 마음의 자원은 정말로 놀라웠습니다. 그의 대화는 상상력으로 가득 찼죠. 그리고 매우 자주, 페르시아와 아랍 작가들을 모방하여, 그는 경이로운 공상과 열정의 이야기를 발명했습니다. 다른 때는 그는 저의 가장 좋아하는 시를 반복하거나, 자신이 뛰어난 재치로 지지하는 논쟁으로 저를 이끌어 냈습니다.

  우리는 일요일 오후에 저의 대학으로 돌아왔습니다. 농부들은 춤을 추고 있었고, 우리가 만난 모든 사람은 쾌활하고 행복해 보였습니다. 저 자신의 정신은 높았고, 저는 억제되지 않은 기쁨과 명랑함의 감정으로 뛰어놀았습니다. (소확행의 도파민 파티였죠!)

7

제가 돌아왔을 때, 아버지로부터 다음 편지를 받았습니다.

"나의 사랑하는 빅터에게,

너는 아마 우리에게 돌아올 날짜를 정할 편지를 초조하게 기다렸을 것이다. 그리고 나는 처음에는 단지 몇 줄만 써서, 너를 기다릴 날만을 언급할까 유혹받았다. 하지만 그것은 잔인한 친절함일 것이고, 나는 감히 그렇게 할 수 없다. 네가 행복하고 기쁜 환영을 기대했을 때, 반대로 눈물과 비참함을 보게 된다면, 나의 아들아, 너의 놀라움은 어떠할까? 그리고 빅터, 우리의 불행을 내가 어떻게 이야기할 수 있을까? 부재가 우리의 기쁨과 슬픔에 대해 너를 무감각하게 만들지는 않았을 것이다. 그리고 내가 오랫동안 떨어져 있던 아들에게 어떻게 고통을 줄 수 있을까? 나는 너에게 이 비통한 소식을 준비시키고 싶지만, 그것이 불가능하다는 것을 안다. 심지어 지금도 너의 눈은 너에게 그 끔찍한 소식을 전달할 단어를 찾기 위해 페이지 위를 훑고 있을 것이다.

윌리엄이 죽었다!—그 달콤한 아이, 그의 미소가 나의 심장을 기쁘게 하고 따뜻하게 했으며, 그토록 온순하면서도 그토록 쾌활했던 아이! 빅터, 그는 살해당했다!

나는 너를 위로하려 하지 않겠다. 다만 그 사건의

상황을 간단히 이야기하겠다.

지난 목요일(5월 7일), 나와 나의 조카 그리고 너의 두 동생은 플랑팔레로 산책을 나갔다. 저녁은 따뜻하고 고요했고, 우리는 평소보다 더 멀리 산책을 지속했다. 우리가 돌아올 생각을 했을 때는 이미 황혼이었고, 그때 우리는 앞서 나갔던 윌리엄과 어니스트가 보이지 않는다는 것을 발견했다. 우리는 그들이 돌아올 때까지 벤치에 앉아 쉬었다. 곧 어니스트가 와서 우리가 동생을 보았는지 물었다. 그는 윌리엄과 놀고 있었는데, 윌리엄이 숨으려고 도망쳤고, 자신이 헛되이 그를 찾았으며, 그 후 오랫동안 기다렸지만 돌아오지 않았다고 말했다.

이 이야기는 우리를 다소 불안하게 했고, 우리는 밤이 될 때까지 그를 계속 찾았다. 그때 엘리자베스는 그가 집으로 돌아왔을지도 모른다고 추측했다. 그는 거기에 없었다. 우리는 횃불을 들고 다시 돌아갔다. 나는 나의 달콤한 아이가 길을 잃고 밤의 모든 습기와 이슬에 노출되었다고 생각하니 쉴 수가 없었다. 엘리자베스 역시 극심한 고통을 겪었다. 아침 다섯 시경, 나는 전날 밤 건강하고 활기 넘치는 모습을 보았던 나의 사랑스러운 아이가 풀밭에 핏기 없고 움직임 없이 뻗어 있는 것을 발견했다. 살인자의 손가락 자국이 그의 목에 있었다.

그는 집으로 옮겨졌고, 나의 얼굴에 보이는 고통이 엘리자베스에게 그 비밀을 폭로했다. 그녀는 시신을 간절히 보고 싶어 했다. 처음에는 내가 막으려 했지만, 그녀는 고집했고, 시신이 놓여 있는 방에 들어가 재빨리 희생자의 목을 살핀 후,

손을 마주 잡고 외쳤다. '오, 하느님! 제가 사랑하는 아이를 살해했어요!'

그녀는 기절했고, 극도의 어려움 속에서 회복되었다. 그녀가 다시 의식을 찾았을 때, 그녀는 울고 한숨 쉬는 것 외에는 아무것도 하지 못했다. 그녀는 나에게 그날 저녁 윌리엄이 그녀가 가지고 있던 너의 어머니의 매우 값비싼 소형 초상화를 차게 해 달라고 졸랐다고 말했다. 이 초상화가 사라졌고, 틀림없이 살인자가 그 행위를 하도록 충동질한 유혹이었을 것이다. 우리는 그를 발견하려는 노력을 쉬지 않고 있지만, 현재로서는 아무런 흔적도 없다. 하지만 그것들이 나의 사랑하는 윌리엄을 되돌려주지는 않을 것이다!

오거라, 가장 사랑하는 빅터. 너만이 엘리자베스를 위로할 수 있다. 그녀는 끊임없이

울고, 자신을 부당하게 그의 죽음의 원인이라고
비난하고 있다. 그녀의 말이 나의 심장을 찌른다.
우리 모두는 불행하다. 하지만 나의 아들아,
돌아와서 우리의 위로자가 되는 추가적인 동기가
되지 않겠느냐? 너의 사랑하는 어머니! 아아, 빅터!
나는 이제 말한다. 하느님께 감사하게도 어머니는
그녀의 막내가 겪은 이 잔인하고 비참한 죽음을
목격하기 위해 살아있지 않으시다는 것을!

 오거라, 빅터. 암살자에 대한 복수심에 사로잡힌
생각이 아니라, 우리 마음의 상처를 곪게 하는 대신
치유할 평화롭고 온화한 감정을 가지고 오거라.
슬픔의 집에 들어오거라, 나의 아들. 하지만 너를
사랑하는 사람들을 위한 친절과 애정을 가지고,
너의 적에 대한 증오심이 아니라."

너의 애정 어린 그리고 고통받는 아버지
알퐁스 프랑켄슈타인.
제네바, 17__년 5월 12일.

이 편지를 읽는 동안 나의 얼굴을 지켜보던 클레르발은 내가 친구들로부터 소식을 받고 처음 표현했던 기쁨에 이어 절망이 닥치는 것을 보고 놀랐습니다. 나는 편지를 테이블 위에 던지고 두 손으로 얼굴을 가렸어요.

헨리가 내가 쓰라림으로 우는 것을 보고 외쳤습니다. "나의 친애하는 프랑켄슈타인, 너는 항상 불행해야만 하는가? 나의 친애하는 친구, 무슨 일이 일어났는가?"

나는 극도의 동요 속에서 방을 왔다 갔다 걸으며, 그에게 편지를 집어 들도록 손짓했습니다.

클레르발이 나의 불행에 대한 이야기를 읽을 때 눈물 역시 그의 눈에서 솟구쳤어요.

그가 말했습니다.

"나는 너에게 위안을 줄 수 없다네, 나의 친구, 너의 재난은 돌이킬 수 없다네. 너는 무엇을 할 작정인가?"

"즉시 제네바로 갈 것입니다. 헨리, 말을 주문하러 나와 함께 갑시다."

우리가 걷는 동안, 클레르발은 위로의 몇 마디를 하려고 노력했어요. 그는 진심 어린 공감을 표현할 수 있을 뿐이었습니다. 그가 말했습니다.

"불쌍한 윌리엄! 사랑스러운 아이여, 그는 이제 그의 천사 어머니와 함께 잠들었구나! 그의 어린 아름다움 속에서 밝고 즐거운 모습을 보았던 사람 중에 그의 때 이른 상실에 울지 않을 사람이 누가 있겠느냐! 그토록 비참하게 죽다니. 살인자의 손아귀를 느끼다니! 빛나는 순수를 파괴할 수 있었던 살인자라니 얼마나 더 끔찍한가! 불쌍한 어린 친구여! 우리에게는 단 하나의 위안만이 있네. 그의 친구들은 슬퍼하고 울지만, 그는 안식하고 있다네. 고통은 끝났고, 그의 고통은 영원히 끝났다네. 잔디가 그의 온순한 몸을 덮고, 그는 어떤 고통도 모른다네. 그는 더 이상 연민의 대상이 될 수 없다네. 우리는 그것을 그의 비참한 생존자들을 위해 남겨두어야 하네."

우리가 거리를 서둘러 지나는 동안 클레르발은 이렇게 말했습니다. 그 단어들은 나의 마음에 새겨졌고, 나는 나중에 고독 속에서 그것들을 기억했죠. 하지만 지금은 말이 도착하자마자, 나는 즉시 2인승 마차에 서둘러 타고, 친구에게 작별을

고했습니다.

나의 여행은 매우 우울했습니다. 처음에는 나는 서두르고 싶었습니다. 나의 사랑하고 슬퍼하는 친구들을 위로하고 공감하고 싶었기 때문입니다. 하지만 나의 고향 마을에 가까워졌을 때, 나는 진행을 늦췄습니다. 나의 마음에 밀려드는 수많은 감정을 거의 지탱할 수 없었어요. 나는 나의 젊은 시절에 익숙했지만, 거의 6년 동안 보지 못했던 장면들을 통과했습니다. 그 시간 동안 모든 것이 얼마나 많이 변했을까요! 하나의 갑작스럽고 황량한 변화가 일어났습니다. 하지만 수천 가지의 작은 상황들이 점차적으로 다른 변화를 일으켰을 수도 있고, 그것들이 더 평온하게
이루어졌을지라도, 덜 결정적이지는 않았을 겁니다. 두려움이 나를 압도했어요. 나는 전진할

엄두를 내지 못했고, 내가 정의할 수 없을지라도 나를 떨게 만든 수많은 이름 없는 악들을 두려워했습니다.

　나는 이 고통스러운 마음 상태로 로잔에서 이틀을 머물렀습니다. 나는 호수를 응시했습니다. 물은 평온했고, 주변은 모두 고요했으며, '자연의 궁전'인 눈 덮인 산들은 변하지 않았습니다. 점차적으로 그 평온하고 천상의 장면이 나를 회복시켰고, 나는 제네바를 향한 여행을 계속했습니다.

　도로는 호수 옆을 따라 이어졌고, 나의 고향 마을에 가까워질수록 좁아졌습니다. 나는 쥐라 산맥의 검은 측면과 몽블랑의 밝은 정상을 더욱 분명히 발견했죠. 나는 아이처럼 울었습니다. "사랑하는 산들이여! 나의 아름다운 호수여!

당신들은 당신의 방랑자를 어떻게 환영합니까? 당신들의 정상은 맑고, 하늘과 호수는 푸르고 평온합니다. 이것이 평화를 예언하는 것입니까, 아니면 나의 불행을 조롱하는 것입니까?"

나의 친구여, 내가 이러한 예비 상황들에 머무름으로써 지루하게 만들까 두렵습니다. 하지만 그것들은 비교적 행복했던 날들이었고, 나는 즐거움으로 그것들을 생각합니다. 나의 조국, 나의 사랑하는 조국이여! 본토인이 아니라면 누가 내가 너의 시내, 너의 산들, 그리고 무엇보다도 너의 사랑스러운 호수를 다시 보면서 느꼈던 기쁨을 말할 수 있겠습니까!

하지만 집에 더 가까워질수록, 슬픔과 두려움이 다시 나를 압도했습니다. 밤 또한 주변을 감쌌고, 내가 어두운 산을 간신히 볼 수 있었을 때, 나는 훨씬 더 음울하게 느꼈죠. 그 그림은 악의 광대하고 희미한 장면처럼 보였고, 나는 막연하게 내가 인간 존재 중 가장 비참하게 될 운명이라는 것을 예견했습니다. 아아! 나는 진실을 예언했고, 단 하나의 상황에서만 실패했습니다. 내가 상상하고 두려워했던 모든 비참함 속에서, 나는 내가 견뎌야 할 운명의 고통의 백 분의 일도 생각하지 못했다는 것입니다.

내가 제네바 주변에 도착했을 때는 완전히 어두웠습니다. 마을의 문은 이미 닫혀 있었고, 나는 도시에서 반 리그 떨어진 마을인 세세롱에서 밤을 보내야 했어요. 하늘은 맑았고, 쉴 수 없었기 때문에, 나의 불쌍한 윌리엄이 살해당한 장소를 방문하기로 결심했습니다. 마을을 통과할 수 없었기 때문에, 나는 배를 타고 호수를 건너

플랑팔레에 도착해야 했죠.

이 짧은 항해 동안 나는 몽블랑의 정상에서 번개가 가장 아름다운 형상으로 번쩍이는 것을 보았습니다. 폭풍이 빠르게 다가오는 듯했고, 상륙하자마자, 나는 그 진행을 관찰하기 위해 낮은 언덕을 올라갔습니다. 그것이 전진했고, 하늘은 흐려졌으며, 나는 곧 느리고 큰 물방울로 비가 오는 것을 느꼈지만, 그 맹렬함은 재빨리 증가했어요.

나는 자리를 떠나 계속 걸었습니다. 어둠과 폭풍이 매 순간 증가했고, 천둥이 내 머리 위로 끔찍한 충돌과 함께 터져 나왔지만 말입니다. 그것은 살레브, 쥐라, 그리고 사부아 알프스에서 메아리쳤습니다. 번개의 선명한 섬광이 나의 눈을 현혹시켰고, 호수를 비추어 광대한 불판처럼 보이게 했죠. 그러고 나서 한순간 모든 것이 칠흑 같은 어둠처럼 보였고, 이전 섬광에서 눈이 회복될 때까지 그랬습니다. 스위스에서 자주 그렇듯이, 폭풍은 하늘의 여러 부분에서 동시에 나타났어요. 가장 격렬한 폭풍은 정확히 마을의 북쪽, 벨리브 곶과 코페 마을 사이에 놓인 호수 부분 위에 걸려 있었습니다. 또 다른 폭풍은 희미한 섬광으로 쥐라 산맥을 밝혔고, 또 다른 폭풍은 호수 동쪽의 뾰족한 산인 몰을 어둡게 하고 때때로 드러냈습니다.

나는 그토록 아름답지만 끔찍한 폭풍을 지켜보면서, 성급한 발걸음으로 헤매고 다녔습니다. 하늘의 이 고귀한 전쟁은 나의 정신을 고양시켰죠. 나는 손을 마주 잡고 크게 외쳤습니다.

"윌리엄, 사랑하는 천사! 이것이 당신의 장례식이고, 이것이 당신의 만가입니다!"

내가 이 단어들을 말했을 때, 나는 어둠 속에서 내 근처 나무 덤불 뒤에서 슬며시 나오는 형상을 인지했습니다. 나는 고정된 채, 뚫어지게 응시했죠. 나는 착각할 수 없었습니다. 번개 섬광이 그 물체를 비추었고, 그 형상을 나에게 분명히 드러냈습니다. 그것의 거대한 체격과 인간성에 속하는 것보다 더 끔찍한 모습의 기형은 즉시 나에게 그것이 그 불쌍한 존재, 내가 생명을 준 더러운 악마임을 알려주었죠.

그가 거기서 무엇을 했을까요? 그가 나의 동생을 살해한 자일 수 있을까요 (나는 그 생각에 몸서리쳤습니다)? 그 생각이 나의 상상을 가로지르자마자, 나는 그것이 진실임을 확신했습니다. 나의 이가 딱딱 부딪혔고, 나는 지지를 위해 나무에 기대야 했어요.

그 형상은 재빨리 나를 지나쳤고, 나는 어둠 속에서 그것을 잃었습니다. 인간의 형상을 가진 어떤 것도 그 아름다운 아이를 파괴할 수 없었습니다. 그가 살인자였습니다! 나는 의심할 수 없었습니다. 그 생각의 단순한 존재 자체가 그 사실의 거부할 수 없는 증거였습니다. 나는 그 악마를 추적할 생각을 했지만, 헛수고였을 겁니다. 또 다른 섬광이 그가 플랑팔레를 남쪽으로 경계 짓는 산인 몽 살레브의 거의 수직에 가까운 오르막의 바위들 사이에 매달려 있는 것을 나에게 드러냈기 때문입니다. 그는 곧 정상에 도달했고 사라졌죠.

나는 움직임 없이 남았습니다. 천둥은 멈췄지만, 비는 여전히 계속되었고, 그 장면은 뚫을 수 없는 어둠에 휩싸였습니다. 나는 지금까지 잊으려 했던 사건들을 마음속에서 되풀이했어요. 창조를 향한 나의 진행의 전체 과정, 나의 침대 옆에 나타난 나 자신의 손으로 만든 작품의 모습, 그것의 떠남. 그가 처음 생명을 얻은 밤 이후로 거의 2년이 흘렀습니다. 그리고 이것이 그의 첫 번째 범죄였을까요? 아아! 나는 살육과 비참함을 즐기는 타락한 불쌍한 존재를 세상에 풀어놓았습니다. 그가 나의 동생을 살해하지 않았던가?

나머지 밤 동안 내가 겪은 고통을 누구도 상상할 수 없습니다. 나는 춥고 젖은 채 야외에서 보냈습니다. 하지만 나는 날씨의 불편함을 느끼지 않았어요. 나의 상상력은 악과 절망의 장면들 속에서 바빴죠. 나는 인류 속에 내던져지고, 자신이 방금 행한 행위와 같은 공포의 목적을 수행할 의지와 힘을 부여받은 그 존재를 거의 나의 자신의 흡혈귀, 무덤에서 풀려난 나의 자신의 악령으로, 그리고 나에게 소중한 모든 것을 파괴하도록 강요받는 존재로 간주했습니다.

  날이 밝았고, 나는 마을을 향해 발걸음을 돌렸습니다. 문은 열려 있었고, 나는 아버지의 집으로 서둘러 갔죠. 나의 첫 번째 생각은 내가 살인자에 대해 알고 있는 것을 드러내고 즉시 추격을 시작하도록 하는 것이었습니다. 하지만 나는 내가 해야 할 이야기를 숙고했을 때 멈칫했습니다. 내가 스스로 형성하고 생명을 부여한 존재가 접근 불가능한 산의 벼랑 사이에서 한밤중에 나를 만났다는 이야기. 나는 또한 나의 창조의 시점과 날짜가 일치했던 신경성 열병을 기억했고, 그것이 달리 완전히 있을 수 없는 이야기에 섬망의 분위기를 줄 것이었습니다. 나는 다른 사람이 나에게 그런 이야기를 전달했다면, 내가 그것을 광기의 헛소리로 여겼을 것이라는 것을 잘 알았죠. 게다가, 그 동물의 이상한 본성은 추격을 모두 피할 것이었고, 설령 내가 친척들에게 그것을 시작하도록 신뢰를 받는다 할지라도 추격이 무슨 소용이 있을까요? 몽 살레브의 돌출된 측면을 오를 수 있는 피조물을 누가 체포할 수 있을까요? 이러한 성찰이 나를 결정하게 했고, 나는 침묵하기로 결심했습니다.

아침 다섯 시경에 나는 아버지의 집에 들어섰습니다. 나는 하인들에게 가족을 방해하지 말라고 말했고, 그들의 평소 기상 시간을 기다리기 위해 서재로 갔어요.

여섯 해가 꿈처럼 흘렀고, 지워지지 않는 하나의 흔적만을 남긴 채, 나는 잉골슈타트로 떠나기 전에 아버지와 마지막으로 포옹했던 바로 그 장소에 서 있었습니다. 사랑하는 그리고 존경할 만한 부모님! 그는 여전히 나에게 남아 있었죠. 나는 벽난로 위에 놓인 어머니의 초상화를 응시했습니다. 그것은 아버지의 요청으로 그려진 역사적인 주제였고, 캐롤라인 뷰포트가 죽은 아버지의 관 옆에 무릎 꿇고 있는 절망의 고통을 묘사하고 있었어요. 그녀의 옷차림은 소박했고, 뺨은 창백했지만, 연민이라는 감정을 거의 허용하지 않는 위엄과 아름다움의 기풍이 있었습니다. 이 그림 아래에는 윌리엄의 소형 초상화가 있었고, 나는 그것을 바라보며 눈물을 흘렸습니다.

내가 이렇게 몰두하고 있을 때, 어니스트가 들어왔습니다. 그는 내가 도착한 것을 들었고, 나를 환영하기 위해 서둘러 왔어요.

"환영합니다, 나의 가장 사랑하는 빅터, 아! 석 달 전에 왔더라면 좋았을 텐데. 그랬다면 우리 모두가 기쁘고 즐거워하는 모습을 보았을 것입니다. 당신은 아무것도 완화할 수 없는 비참함을 함께 나누기 위해 우리에게 왔군요. 하지만 당신의 존재가 불행 아래 가라앉는 듯 보이는 우리 아버지를 회복시키고, 당신의 설득이 불쌍한 엘리자베스가 헛되고 고통을 주는 자기 비난을 멈추도록 유도하기를 바랍니다.—불쌍한 윌리엄! 그는 우리의 사랑둥이이자 자랑이었습니다!"

억제되지 않은 눈물이 내 동생의 눈에서 떨어졌습니다. 치명적인 고통의 감각이 나의 몸 전체를 엄습했죠. 이전에는 나는 황량해진 나의 집의 비참함을 상상만 했었습니다. 현실은 새로운,

그리고 그것만큼 덜 끔찍하지 않은 재앙으로 나에게 다가왔어요. 나는 어니스트를 진정시키려 노력했습니다. 나는 아버지에 대해 더 자세히 물었고, 여기서 나는 나의 사촌을 언급했죠.

"그녀가 가장 위로를 필요로 합니다," 어니스트가 말했습니다. "그녀는 스스로가 나의 동생의 죽음의 원인이라고 비난하며, 그것이 그녀를 매우 비참하게 만들었습니다. 하지만 살인자가 발견된 이후로는—"

"살인자가 발견되었다고! 맙소사! 어떻게 그럴 수가 있지? 누가 그를 추적하려 했단 말인가? 그것은 불가능합니다. 누군가 바람을 따라잡거나 산의 시냇물을 지푸라기로 가두려는 것과 마찬가지입니다. 나도 그를 보았습니다. 그는 지난밤 자유로웠습니다!"

동생이 놀란 억양으로 대답했습니다.

"무슨 말씀이신지 모르겠습니다. 하지만 우리가 발견한 사실은 우리의 비참함을 완성시킵니다. 처음에는 아무도 믿지 않을 것입니다. 그리고 지금도 엘리자베스는 모든 증거에도 불구하고 확신하지 않으려 합니다. 정말이지, 그토록 사랑스럽고 모든 가족을 좋아했던 저스틴 모리츠가 갑자기 그토록 끔찍하고 소름 끼치는 범죄를 저지를 수 있었다는 것을 누가 믿을 수 있겠습니까?"

"저스틴 모리츠! 불쌍한, 불쌍한 소녀여, 그녀가 고소당했다고? 하지만 그것은 잘못입니다. 모두가 확실히 그것을 알지 않습니까? 어니스트? 아무도 믿지 않을 것입니다."

"처음에는 아무도 그렇지 않았습니다. 하지만

여러 가지 상황이 드러났고, 우리에게 거의 확신을 강요했습니다. 그리고 그녀 자신의 행동이 너무나 혼란스러워서, 사실의 증거에 더해, 저는 의심의 여지를 남기지 않을 것이라고 두려워하는 무게를 더했습니다. 하지만 그녀는 오늘 재판을 받을 것이고, 당신은 그때 모든 것을 들을 것입니다."

그는 그러고 나서, 불쌍한 윌리엄의 살해가 발견된 날 아침, 저스틴이 병이 나서 며칠 동안 침대에 누워 있었다고 이야기했습니다. 이 기간 동안, 하인 중 하나가 우연히 그녀가 살해 당일 밤에 입었던 옷을 조사하다가, 그녀의 주머니에서 나의 어머니의 초상화를 발견했는데, 그것이 살인자의 유혹이었을 것이라고 판단되었죠. 그 하인은 즉시 다른 하인 중 하나에게 그것을 보여주었고, 그는 가족 중 누구에게도 말하지 않고

치안 판사에게 갔습니다. 그리고 그들의 진술에 따라, 저스틴은 체포되었습니다. 그 사실로 기소되었을 때, 불쌍한 소녀는 자신의 극심한 혼란스러운 태도로 혐의를 상당 부분 확인해 주었죠.

이것은 이상한 이야기였지만, 나의 믿음을 흔들지 못했습니다. 그리고 저는 간절히 대답했습니다.

"당신들 모두 오해하고 있습니다. 나는 살인자를 압니다. 저스틴, 불쌍한, 착한 저스틴은 무죄입니다."

그 순간 나의 아버지가 들어왔습니다. 저는 그의 얼굴에 불행이 깊이 새겨져 있는 것을 보았지만, 그는 쾌활하게 나를 환영하려 노력했습니다. 그리고 우리가 슬픈 인사를 나눈 후, 어니스트가

"맙소사, 아버지! 빅터가 불쌍한 윌리엄의 살인자가 누구인지 안다고 말합니다"라고 외치지 않았다면, 우리의 재난 외에 다른 주제를 소개하려 했을 겁니다.

"우리도 불행히도 알고 있다," 나의 아버지가 대답했습니다. "내가 그토록 높이 평가했던 사람에게서 그토록 많은 타락과 배은망덕을 발견하느니 차라리 영원히 무지했더라면 좋았을 것이기 때문이다."

"나의 친애하는 아버지, 오해하고 계십니다. 저스틴은 무죄입니다."

"만약 그녀가 무죄라면, 하느님이 유죄로 고통받는 것을 금지하시기를. 그녀는 오늘 재판을 받을 것이고, 나는 진심으로, 그녀가 무죄 선고를 받기를 바란다."

이 말은 나를 진정시켰습니다. 저스틴과 사실상 모든 인간이 이 살인에 대해 죄가 없다는 것을 저의 마음 속으로 확고하게 확신했습니다. 따라서 어떤 정황 증거도 그녀를 유죄로 만들만큼 강하게 제시될 수 없을 것이라는 두려움은 없었죠. 나의 이야기는 공개적으로 선포할 수 있는 이야기가 아니었습니다. 그것의 놀라운 공포는 속인에게는 광기로 여겨질 것이었습니다. 저, 창조자를 제외하고, 자신의 감각이 그것을 확신시키지 않는다면, 내가 세상에 풀어놓았던 오만과 경솔한 무지의 살아있는 기념비의 존재를 믿을 사람이 정말로 존재했을까요?

　우리는 곧 엘리자베스와 합류했습니다. 마지막으로 그녀를 보았을 때 이후 시간이 그녀를 변화시켰어요. 그것은 그녀의 어린 시절의 아름다움을 능가하는 사랑스러움을 그녀에게 부여했습니다. 같은 솔직함, 같은 활기가 있었지만, 그것은 더 많은 감수성과 지성의 표현과 결합되어 있었습니다. 그녀는 가장 큰 애정으로 나를 환영했습니다.

"나의 사랑하는 사촌, 당신의 도착이 저를 희망으로 가득 채웁니다. 당신은 아마도 저의 불쌍하고 죄 없는 저스틴을 정당화할 어떤 수단을 찾을 것입니다. 아아! 그녀가 범죄로 유죄 판결을 받는다면, 누가 안전할 수 있겠습니까? 저는 저 자신의 순수함을 믿는 것만큼 확실히 그녀의 순수함을 믿고 있습니다. 우리의 불행은 우리에게 이중으로 힘듭니다. 우리는 그 사랑스러운 아이를 잃었을 뿐만 아니라, 저가 진심으로 사랑하는 이 불쌍한 소녀가 훨씬 더 나쁜 운명에 의해 찢겨져 나갈 것입니다. 만약 그녀가 유죄 선고를 받는다면, 저는 다시는 기쁨을 알지 못할 것입니다. 하지만 그녀는 그렇지 않을 것입니다. 저는 확신합니다. 그러면 저는 다시 행복할 것입니다. 비록 저의 작은 윌리엄의 슬픈 죽음 후라도 말입니다."

저는 말했습니다.

"그녀는 무죄입니다, 나의 엘리자베스, 그리고 그것은 증명될 것입니다. 아무것도 두려워하지 마십시오. 오히려 그녀의 무죄 선고에 대한 확신으로 당신의 정신이 고무되도록 하십시오."

"당신은 얼마나 친절하고 관대한지요! 다른 모든 사람은 그녀의 유죄를 믿고 있고, 그것이 저를 비참하게 만들었습니다. 저는 그것이 불가능하다는 것을 알았기 때문입니다. 그리고 다른 모든 사람이 그토록 치명적인 방식으로 편견에 사로잡혀 있는 것을 보는 것은 저를 희망이 없고 절망적으로 만들었습니다." 그녀는 울었어요.

나의 아버지가 말했습니다.

"가장 사랑하는 조카, 눈물을 닦아라. 만약 그녀가 네가 믿는 것과 같이 무죄라면, 우리 법의 정의와 내가 아주 작은 편애의 그림자도 막기 위해 할 활동에 의지해라."

〈II권〉에 계속

006 · 1/3

fly over an apartment with silver wings

프랑켄슈타인 I

2025년 12월 1일   초판 발행

저 자	메리 셸리
편역자	제미나이 · S
발행인	송광헌
기획자	송재준
펴낸곳	**복두(더)**
	출판등록 | 1993년 11월 22일 제10-902호
	주소 | 서울 영등포구 경인로82길 3-4 807호
	전화번호 | 02-2164-2580 팩스 | 02-2164-2584
	이메일 | info@@bogdoo.co.kr
	홈페이지 | www.bogdoo.co.kr

ISBN 979-11-6675-677-1 (04840)
ISBN 979-11-6675-676-4 (04840) (세트)

값 6,000원

- 이 책은 저작권법에 따라 보호를 받는 저작물이므로 무단 전재와 복제를 금합니다.
- 이 책 내용의 전부 또는 일부를 이용하려면 반드시 지은이와 복두출판사의 동의를 받아야 합니다.